U0079403

賣鳳梨酥的小孩

人物介紹

林利雅　十四歲

體貼孝順，從小由奶奶帶大，家道中落後，堅持重新製做出古早味鳳梨酥，傳承傳統，也藉此重整了家人的情感。

林奶奶　六十三歲

利雅的奶奶，身體不好，慈祥和藹，受到街坊鄰居歡迎。藉由寄送家書的方式，傳達對家人的關懷與智慧。

王育軒　十一歲

美繪的兒子，個性冷漠，長期被冷落的問題兒童，最後被利雅的真誠感動，主動幫助製作鳳梨酥。

林瑜治　四十三歲

利雅的爸爸，食品原料廠長，工廠因經營不善倒閉，只能依賴美繪的社交手腕。希望給利雅完整的家庭環境，最後受到母親與利雅的感動，而決定重拾對糕餅業的熱誠。

王美繪　四十二歲

利雅的繼母，人脈廣而愛面子，將利雅當做眼中釘，不過最後終於卸下心防與利雅和解。

目次

01. 寄不出的家書

灰茫茫的清晨街頭，早起運動和準備開始一天工作的都市居民，像勤勞的鳥兒們紛紛出籠。奶奶穿著溫暖的小碎花棉襖，小心翼翼的懷抱著手中的信件，走到離家最近的郵筒前，滿懷期待的將懷中的信件投進郵筒，即使已經做過了許多次，每次都還是讓她彷彿做壞事般心跳加快。她對著蒼茫的天空，默默祈求在天上的老伴能聽到她的心聲，幫助她一切順利。

寄完信的奶奶回到家，就在要進家門時，在玄關前遇見了背著書包準備要上學的利雅。

看到奶奶從外頭回來，利雅顯得既驚訝又緊張。

「奶奶！我不是跟妳說過了，不可以自己跑出去。」

「哎呀、哎呀！妳猜猜我去哪了？」

「妳一定又去寄信了吧？如果讓爸爸知道，我們兩個又要挨罵了！」國二的利雅像個小大人般訓誡著奶奶，而後者一如往常露出慈祥的微笑，似乎聽不懂家人口氣裡的擔憂。

「哎呀、哎呀！只是出去散散步而已嘛！妳今天要不要陪我去逛市場啊？」面對唯一的孫女，奶奶是既溺愛又信賴。

聽到久違的市場邀約，利雅開心的應好。從小只要有閒暇，奶奶總是會帶利雅上街買菜，和熟識的攤販聯絡感情，直到最近奶奶的身體變差後，就很難得一同上街了。

原本家事皆由奶奶打點，現在則是請安妮買好菜後帶回家料理，安妮是父親瑜治為了照顧奶奶所雇請的外籍幫傭。

「當然好啦！我最喜歡陪奶奶去逛菜市場了。妳快點進屋去吧！讓安妮幫妳弄點熱湯。」

「好好，阿雅雅快點出門吧！走路小心喔！」奶奶慈祥的提醒著利雅。

「妳先進去，我要看妳進去才走。」

「好好，就依妳。」

盯著奶奶回到屋內後，利雅走到信箱旁檢查裡面的信件。

如她所預期的，裡面塞了一封被退信件，熟悉的藍色食指上印著「退回」兩個大字覆蓋在信封上，收件人寫著利雅從未謀面的爺爺姓名，寄件地址則是已經不存在地圖上的永信村。

張望著父親房間的窗口，確定不會被發現後，利雅迅速拿出被退回的信件藏到書包

中，迎著三月微涼的春風走路上學去。

利雅是孝誠國中二年級學生，品學兼優的她，在很小的時候，母親就生病過世了，利雅由奶奶一手帶大，與奶奶的感情非常好。

天氣陰涼的春天白晝，總是不時會伴隨著毛毛細雨。課堂上，老師正發著期中考的成績單與獎狀。

「第三名，林琳。」

「第二名，艾蒂娜。」

得獎的同學依序到台前領取獎狀，台下也習以為常的鼓掌恭賀，畢竟班上成績優良的同學，通常是相同的那幾位在輪流拿名次，除了第一名的寶座已經維持了多次衛冕以外。

「這次段考的第一名，依舊是班長王利雅。」

聽到自己名字的利雅，沉穩的到台前領取獎狀。

等領獎的同學回座後，老師鼓勵著大家：「希望各位同學能向班長利雅看齊，勝不驕，敗不餒。好了，現在複習國文第三課，利雅，請妳帶大家唸一遍。」

利雅口齒清晰，態度穩重的帶著全班同學朗誦課文，假裝沒聽見旁邊同學嘲諷的說著「書呆子」的耳語。

放學時分，孝誠國中的校門口前早已擠滿了接送子女的家長們。

利雅手裡拿著一捲獎狀，和無話不談的好友林琳在擁擠的校門口努力張望著，邊閒聊邊尋找家人。

「妳看，那是小胖的新媽媽耶！我媽說那叫越南新娘，說現在很多台灣的男人都去那邊娶老婆。」

林琳八卦的說：「利雅，妳爸都不會想要再娶喔？妳媽不是過世很久了？」

「不知道耶！那是大人的事啦！」直腸子的林琳總讓利雅不知如何回應。

利雅知道爸爸的確有交往對象，但要說明也很奇怪吧！就在利雅想找藉口逃跑時，終於在人群中看到了奶奶和提著菜籃的安妮。

利雅趕緊向林琳告別：「林琳，我看到奶奶了。」

「妳奶奶今天來接你呀？」

「對呀！她上次有問妳要不要再來我家玩。妳要不要過去打個招呼？」

「好哇！妳奶奶做的點心超好吃的。」

兩個年輕女孩蹦蹦跳跳的來到奶奶眼前，林琳開朗的向奶奶打招呼。

「奶奶好！」

「是小安呀？」奶奶露出招牌的慈祥微笑招呼著。

「是林琳啦！奶奶妳不記得我了喔？」

「奶奶最近的記性不太好啦！」利雅有點尷尬的陪笑解釋著，用眼神示意林琳收斂一下態度。

「奶奶也到了癡呆的年紀

啦？」林琳完全不理會利雅的暗示，直言問道。

「小安呀！我們要去市場買菜，要不要一起去呀？」奶奶面不改色回應著。

「是林琳啦！我看到我媽了。先走啦！掰掰。」

目送林琳帥氣的離開後，利雅開心的挽著奶奶的手，這個親密的舉動讓利雅回想起小時候和奶奶手挽著手，祖孫倆一起沿著從小長大的樸實街道，閒晃到市場的回憶。

在充滿各種味道的市場上，攤販與客人的交易聲此起彼落，一旁就是車水馬龍的大路，在住宅區鄰近馬路的地方聚集起來的黃昏市場，總能讓利雅感覺到滿滿的溫暖人情味。

等待安妮買好肉類食材，她們來到菜攤前，向中年的菜攤老闆打招呼。

「阿美呀！生意不錯喔！」奶奶向熟識的老闆問好。

「老闆娘，好久不見了！利雅越來越漂亮了喔！今天要煮什麼啊？」

「已經不是老闆娘很久囉！」奶奶提醒著。

「老習慣了，就是改不了口。」

「哎呀、哎呀！要請安妮燉個菜，妳幫我挑幾樣新鮮的青菜。」

「老闆娘現在命可好了，請安妮弄就可以了。這顆紫芋是今年盛產，很甜喔！」阿美手腳俐落的裝了兩顆肥美的芋頭遞給安妮，還順手塞了兩把青菜進提袋裡。

「今天剛好從南部進了很甜的洋蔥，小婷，裝兩顆甜洋蔥過來。」

臨時搭起的攤子陰影處，一個穿著和利雅相同制服的少女拿著兩顆洋蔥走了出來。

「哎呀、哎呀！小婷都這麼大了喔！好久不見了。」

奶奶慈祥的對小婷微笑打招呼，但小婷始終低著頭，完全不理人。

「對呀！可是做什麼都笨手笨腳的。哪像妳們利雅，雖然沒有媽媽……」意識到自己說錯話的阿美趕緊改口：「我是說利雅又孝順又聰明啦！我們小婷啊！書唸得不好，打算要申請技藝班呢！」

「嗯嗯！技藝班很好呀！有一技之長。」奶奶頗為贊同的點點頭回道。

「還好現在有技藝班喔！不然我都不知道這小孩以後能幹嘛！」

小婷裝好了甜蔥，遞給安妮，利雅對小婷微笑，只見小婷態度冷漠。

「阿美呀！謝謝喔！」

「老闆娘才是，要好好保重身體啊！」

「好好。」

向阿美道別後，三人沿著路旁翠綠的行道樹散步回家。

一回到家，利雅馬上飛奔到客廳，將屁股黏在真皮沙發上，打開電視轉到她最愛的音樂綜藝頻道。

奶奶和安妮則俐落的到廚房開始料理工作，不一會工夫，廚房已經香味四溢，瀰漫著肉汁濃郁的香氣和新鮮蔬菜的甜味。

忙著攪拌湯汁的奶奶突然覺得天旋地轉，一時喘不過氣，注意到奶奶異狀的安妮，趕緊攙扶著奶奶坐在椅子上休息。

「奶奶，妳去休息吧！這邊我來就可以了。」安妮用帶有點口音的話說道。

安妮繼續勤快的處理著晚餐，就在一道道香噴噴的料理都上桌後，前門的鑰匙鎖頭突然轉動，三人面面相覷，只見瑜治提著公事包走進家門，利雅趕緊將電視關掉。

「爸。」利雅趕緊恭敬的打招呼。

「嗯！」瑜治假裝沒有看到利雅的舉動，看到奶奶坐在廚房，瑜治直接走到廚房。

「媽，我不是要妳別下廚嗎？」

「對對，我沒有下廚，沒有，我只是坐著看安妮弄而已。」

「是嗎？」瑜治半信半疑，但是奶奶這麼說，他也只好接著問安妮：「什麼時候開飯？」

「先生，再過十分鐘就可以開飯了。」

「好，開飯時叫我，我在書房。」瑜治提著公事包，沿著冰涼的大理石階梯上樓。背對著瑜治，利雅偷偷做了個鬼臉。

「爸爸今天怎麼會這麼早回來呀？」利雅壓低了聲音小聲的詢問。父親瑜治是食品工廠的老闆，平常公事繁忙，很少回家吃飯。

「不知道耶！先生沒有交代呀！」安妮也跟著壓低音量回答。

晚餐時分的餐桌上，利雅與奶奶、瑜治分坐在餐桌兩旁，氣氛嚴肅的埋頭苦吃著。

「媽，今天身體還好吧？」

「很好、很好。」奶奶邊吃邊微笑回應。

「沒有又跑去寄信吧？」

「沒有、沒有。」奶奶搖搖頭，繼續默默專心吃飯。

「那就好。現在是現在，過去是過去，人就是要活在當下才對。」瑜治滿意的發表感言。

利雅只覺得自己的背脊發涼，直冒冷汗。雖然追問過奶奶，但奶奶依舊不願解釋為何持續寄送家書，利雅和家人只好當奶奶太思念爺爺了，只是這樣的舉動，卻讓瑜治非常不高興。

「媽，還記得美繪吧！」

「有、有，很有氣質的婦人家呢！上次還問過我做點心的祕方呢！」

利雅依稀有印象，是個打扮亮麗又親切的阿姨，來過家裡很多次，有個唸小學的兒子。

「我打算和美繪再婚，」不擅言詞的瑜治故意忽略家人驚訝的表情。

「之後她會帶兒子育軒搬進來。美繪很能幹，到時候家裡的大小事都交給她，媽就可以安心休養了。上次醫院的檢查報告是這麼說的，沒錯吧！」

「有、有，有安心休養呀！」奶奶笑著回答。

「利雅。」突然被點到名的利雅嚇了一跳。

「妳會多個新弟弟，以後要好好照顧人家。先這樣吧！我吃飽了。」如同回家時的突然，瑜治留下瞠目結舌的祖孫倆離開了餐桌。

夜晚睡前，利雅躡手躡腳的來到奶奶的房門外。

「奶奶，睡了嗎？我可以進來嗎？」

「好、好。」房內傳來奶奶一如往常和藹的聲音。

利雅推開門走進房內，看見奶奶坐在床上，一旁床頭燈閃耀著柔和的黃光照耀在奶奶臉上。

利雅輕手輕腳鑽進奶奶的被窩裡依偎著。

「奶奶，我們要有新家人了耶！我好緊張喔！」奶奶疼惜的摸著利雅的頭。

「奶奶，妳覺得育軒會喜歡我準備的禮物嗎？上次見到他也有段時間了，他很安靜耶！我要叫美繪阿姨『媽媽』嗎？會不會很奇怪？在天上的媽媽會不會生氣？」

「放心、放心，在天上的媽媽一定會很高興，有新媽媽來照顧阿雅雅了，她一定會覺得很安心的。」奶奶溫柔的安撫著利雅。

「阿雅雅，了解任何人都是需要時間的，有耐心一點。」

從書房準備回房間休息的瑜治，在走廊聽見了祖孫倆的對話，瑜治覺得自己心裡的大石終於放了下來。

雖然比預期的晚，但自己總算是為利雅找到一個完整的家，不像自己的童年回憶，除了父親不在身邊以外，還必須持續辛苦工作。

向奶奶道了晚安，利雅回到房間，拿出藏在書包中的信件，利雅熟練的拆開信件，認真閱讀著信內奶奶娟秀的字跡。

阿勇：

別來無恙。阿治已經十歲了，很想念你，每天都問你什麼時候回來，還打算去車站接你。你不用擔心家裡，現在有個很好的女孩在和瑜治交往，那個小女孩很常來我們家玩，只是我有點擔心過去的事情會重演。現在已經是三月天了，出門記得多加件衣服，多吃多睡點，等你回來，我準備了新的口味給你。

平安。念慈　筆

利雅躺在床上，細細回味著家書中的字字珠璣，很意外爸爸才十歲，卻已經有交往對象，不知道很常去拜訪的小女孩是誰呢？過去的事是什麼事呢？奶奶真的像電視上演的一樣，也變成癡呆的老人了嗎？會不會有一天，奶奶就突然忘記了自己？一邊幻想自己將來也能像奶奶一樣，成為慈祥又賢慧的妻子，一邊懷著滿腹的困惑，在柔和的月色照耀下，利雅漸入夢鄉。

02. 新家人

紅色與金色的高級布幔披掛在會場，在五星級酒店裡，現場演奏的音樂與祝賀的聲音此起彼落，穿著粉紅色小禮服的利雅與穿著大紅棉襖的奶奶一同坐在主桌，專心吃著精緻的餐點。

和他們坐在一起的還有個穿著西裝，模樣清秀的小男孩，而瑜治正被美繪拉著四處敬酒。

許多利雅不認識的伯伯叔叔都到奶奶身邊敬酒道賀，喝下不少飲料的奶奶不久就有了尿意，站起來打算去廁所。

「奶奶，要不要我陪妳去？」注意到奶奶狀況的利雅貼心表示。

「不用、不用，我一下就回來了，妳多吃點。」或許是因為高興的關係，奶奶顯得特別有精神，精神抖擻的走向廁所。

目送奶奶離開後，利雅看到桌上的精緻料理，突然想起自己都沒有照顧到同桌的育軒，畢竟利雅也沒有照顧過年紀較小的弟弟，身份的轉換讓她有點難適應。利雅趕緊招呼：「育軒，你喜歡甜湯嗎？要不要我再幫你盛一碗？」

「不用。」育軒冷淡的拒絕。

育軒口氣中的冷漠嚇到了利雅，怯生生的將已伸出的手收回，利雅安慰自己，或許育軒非常怕生，未來有的是機會可以培養感情。

廁所裡，兩個打扮美艷的女賓客正對著光可鑑人的鏡子補妝。

「美繪這次真是賺到了，竟然可以釣到這麼一個大老闆。」

「聽說是同鄉，美繪才能攀上關係，不然還不是和我們一樣，做到死也就小祕書一個！」女郎對著鏡子向同伴擠眉弄眼。

「不過對方也是有個拖油瓶。啊！不只一個，是兩個，還有一個癡呆的老媽子。」

「哈哈哈！妳好壞喔！也留點口德吧！」

兩人說說笑笑的離開廁所後，寬廣無人的化妝間對比著外側喜氣洋洋的大廳喧嘩，更顯安靜，殘障廁所的門默默推了開來，穿著紅色棉襖的奶奶皺著眉頭，面色擔憂的從裡面走出來。

喜宴結束不久，美繪與育軒就帶著簡單的行李搬進了林家，那是個艷陽高照的大晴天，在早春的北部可是很難見到太陽的，面對如此晴朗的天氣，利雅開心的帶著育軒介紹房間。

「這間房間面向院子，因為不確定你想要什麼，所以奶奶就先準備了基本用品。」

利雅指著書桌上應有盡有的文具用品說道：「如果有需要任何東西，我們再一起去買。」

「喔！」即使已經是一家人了，育軒依舊態度冷淡。

木製的書桌散發著木頭的香味，上面有個包裝精美的禮盒，利雅伸手拿了起來遞給育軒。

「育軒，這是我幫你買的禮物，你打開來看看。」

「謝謝，可是我不需要這種東西。」育軒收下後，轉身丟進一旁的垃圾桶。

利雅瞪著垃圾桶裡連開都沒打開的禮物，只覺得震驚萬分，說不出話來。

「我想要休息了，請妳離開。」育軒自在的在自己房間下了逐客令，提醒訝然中的利雅。

「咦？喔！好好。」利雅趕緊應好後退出房間，卻呆呆的站在走廊上，還在為剛被丟進垃圾桶的禮物一事發愣，腦袋中無法理解發生了什麼事。

在利雅陪伴育軒的時候，美繪與奶奶坐在沙發上閒聊。

「媽，我還記得妳以前很會做鳳梨酥呢！」和奶奶同鄉的美繪露出完美的社交微笑問道。

「還好、還好。」奶奶也對美繪露出慈祥的微笑。

「媽妳太客氣了啦！以前妳的鳳梨酥可是遠近馳名的耶！連鄰村都要排隊來買。可惜我搬家搬得早，連你們鋪子收起來了都不知道……」美繪不勝唏噓的感嘆著。

「很久沒嚐到妳的獨門祕方了。」

美繪親切的挽著奶奶的手說：「媽，教我做嘛！」

「喔喔！年紀大囉！怎麼做點心我都忘囉！」

「媽，妳……」

「啊！」奶奶突然驚呼一聲，打斷了美繪的話。

「想起來了？」美繪趕緊追問。

「想起來了、想起來了！想起來了，午餐的湯要請安妮不要放蔥，我得快點去跟她說。」奶奶驚慌的掙脫美繪的手，跑到廚房找安妮，留下美繪臉色無奈的坐在原地。

學校的午餐時分總是熱鬧非常，利雅與林琳各自帶著便當，將桌椅排在一起吃飯。

「聽說小胖的新媽媽要生了，小胖就要被趕出家門囉！」林琳彷彿新聞播報記者，忠實轉播小胖家庭的最新動態。

利雅回想起在家裡被育軒拒絕的狀況，突然覺得有點難過。

「那妳咧？」林琳古靈精怪的突然將矛頭轉向利雅。

利雅被這麼突然一問，頓感驚慌。

「我怎麼樣？」

「妳的新家人呀？突然跑出新家人，妳不會適應不良喔？」

「我當然希望我爸幸福啊！而且……」利雅突然想起被丟在垃圾桶的禮物，心裡莫名感到委屈萬分，但不想要讓好友擔心的她，話題一轉：「而且他們都很好相處，改天再介紹給妳認識。」說完後趕緊埋頭吃飯，希望林琳的好奇心快點轉移注意力。

「妳奶奶最近的家書都寫啥？」面對利雅的態度，林琳見怪不怪，反正她再多問個幾次，老實的利雅就會通通招出來了，就像家書事件一樣。

她豪邁的拿整隻雞腿起來啃，順便問起早在先前就被她逼問出來的家書進展。

「有提到過去的事情之類的，看不懂。」

「不懂就直接問呀！」

「我又不像妳。」

「像我怎樣？」林琳作勢要打利雅，利雅機靈躲過。愜意的午休時間就在打鬧中度過。

放學後，回到家的利雅一如往常先檢查了信箱信件，果然發現了被退回的家書，利雅偷偷的將信件藏在書包裡，卻被後面突然發出的聲音嚇到。

「妳在幹什麼？」

育軒背著書包，不知何時站在利雅身後。

看見來人是育軒讓利雅鬆了一口氣，一心希望快點和育軒變成真正的家人的利雅，雖然在意禮物的事，卻還是決定將重要的祕密告訴育軒。

她神祕的說：「我跟你說，可是你絕對不可以告訴爸爸喔！」

「好呀！」育軒隨口答道。

「這是奶奶的家書。」

「家書？是指寄給家人的嗎？你們不是住在一起？」

「是寄給爺爺的家書。」

「上面有被退的字樣耶！」

「對呀！奶奶的家書根本不可能寄出去，因為爺爺已經過世了，地址也不在了。」

「那奶奶為什麼還要寄？老年癡呆了？」

「噓！」利雅趕緊示意育軒小聲一點。

「奶奶最近的身體不好，記憶力的確有變弱的傾向……」

「為什麼不能告訴爸爸？」育軒問道。

利雅很佩服育軒的適應力之快，馬上就可以改口叫瑜治「爸爸」了，她到現在還無法順利的改口叫美繪「媽媽」。

「因為他覺得奶奶寄信是癡呆的象徵。」利雅摸摸鼻子，覺得這個說法很奇怪。

「難道不是嗎？」

「我也不知道。我想，爸爸不想看到奶奶變得癡呆吧！」

見育軒沒有任何反應，利雅又自己補充道：「奶奶以前很能幹喔！一個人就可以將所有的家事都打點得乾淨俐落，而且奶奶做的菜超好吃的。」利雅說起奶奶的事就顯得眉飛色舞。

「是嗎？」

「你答應我了，不可以跟爸爸說喔！」

「嗯！」

雖然嘴上說好，但育軒也有自己的打算。

晚餐的餐桌上，一家四口專心的吃著飯，自從有了新家人，瑜治就很常回家吃飯，雖然依舊不多話。利雅以為多了兩個家人，餐桌會熱鬧一點，但還是沒有人能壓得過父親嚴肅的氣氛。

吃到一半，育軒突然開口：「今天我看到利雅姊藏了一封被退回的信，她說是奶奶寄的家書。」

將一枚炸彈丟在餐桌上後，育軒自顧自的繼續吃飯，無視利雅驚訝的眼神和視線。餐桌上的空氣瞬間凝結了起來，只有美繪不明所以。

瑜治放下碗筷，語重心長的對利雅說：「利雅，我說過不要幫奶奶收信了，為什麼妳就是不聽？」

「只是把信收起來而已，又沒有什麼關係。」利雅試圖避重就輕的帶過，一邊偷瞄著奶奶的表情，一邊希望快點結束話題。

「當然有關係，奶奶會以為信都有寄到，然後還是搞不清楚現在和過去。妳希望奶奶一直活在過去，失憶的狀況變嚴重嗎？」瑜治耐著性子對利雅解釋。

「把信拿出來給奶奶看。」

這已經不是瑜治的一次要求利雅將信拿出來，也不是利雅第一次拒絕，但卻從來沒有達成協議。

「我只是想幫奶奶而已……」

「有時候善意的謊言，對奶奶不一定是好的。」

面對爸爸的說法，利雅完全無法辯駁。

「不要再幫奶奶收信了，好嗎？」

「唔……嗯……我吃飽了。」面對不想承諾的答案，利雅快速扒完剩下的飯，撇下家人逃離話題。

「利雅！」瑜治對著利雅的背影喊道。

「媽，妳看看，利雅被妳寵成這個樣子。還有別寄信了，信不可能寄到的，都被退回了不是嗎？」瑜治轉而直接對奶奶講道理。

「唉呀呀呀！是喔……可是我沒有看到呀……」

從話題開始到利雅離開，一直露出落寞神情的奶奶，難過得起身想去安慰利雅。

終於理解討論內容的美繪對著奶奶說道：「媽，先吃飯吧！只是小孩子鬧脾氣，等她冷靜一下就好了。」奶奶只好坐了下來，繼續安靜的吃飯。

「爸爸，如果是我看到信，我就會拿給你。」育軒乖巧的對瑜治說道。

「謝謝你，育軒，你真是個好孩子。」瑜治欣慰的摸摸育軒的頭。

氣氛凝重的晚餐結束後，美繪和瑜治在房內準備就寢。

「阿治呀！我覺得是不是該讓專人來照顧媽呀？」美繪一邊擦著保養品，一邊提出建議。

「怎麼說？」躺在床上看公司報表的瑜治，毫無興趣的回應著。

「這幾個星期呀！我發現媽有癡呆的傾向，老是忘東忘西的，有時候也搞不清楚時間。」

「嗯……但是，媽已經習慣這樣的生活了，而且有安妮照顧她呀！」

「說到安妮呀！我覺得她實在很混，做事都只做一半。」美繪不滿的抱怨著。

美繪有神經質潔癖，她對整潔的高標準無論是誰都很難達到。

「我們可以請個看護，專門照顧媽呀！」

「不好啦！電視有很多外勞虐待老人的報導。我跟你說，之前和王老闆吃飯時，他說『富育照護中心』現在有空缺耶！就是你也知道的那間安養院呀！風評很好的那間，現在有空房間，他們很搶手耶！」

「妳是說送媽到安養院？那會讓她的精神狀況變好嗎？」瑜治一直很希望再次看到能幹精明的媽媽，而非現在既安靜又與世無爭的樣子。

「我們可以先去那邊看看環境，難得的機會也要好好把握呀！不然媽的情況變得更糟怎麼辦？」美繪繼續分析著。

「而且你也看到了，剛剛吃飯的時候，利雅的態度。」美繪繼續說道，照著鏡子按摩臉部的她，敷著面膜的臉映照在鏡中，顯得很不真實。

「媽那麼寵利雅，已經把利雅慣壞到今天這個樣子。現在就是這個脾氣了，以後怎麼辦？」

「我知道了，我再想想看。」瑜治陷入了沉思。

到了隔天早上，利雅還在和父親嘔氣，吃早餐時正眼都不瞧瑜治一眼。出門時，卻還是小心的檢查信箱，並確認沒有任何人看到她的舉動，雖然她知道，昨天下午收過信箱後，今天不會這麼快有信。

那個週末，家裡的氣氛不怎麼愉快，瑜治說要帶奶奶和家人出門散心，也要利雅一同出門，但利雅想到自己還在「表達不滿」，所以拒絕了。

利雅將自己關在房間裡面一整天，直到晚餐時才出房門。晚上吃飽飯後，瑜治要家人都到客廳集合，等家人到齊後，瑜治說出了家庭會議的目的。

「今天我們帶奶奶去『富育照護中心』看過了。」

突然聽到陌生的名詞，讓利雅反應不過來，也忘了自己還在生氣的事情。

「富育照護中心是？」

「是一間安養院。」美繪解釋道。

「為什麼要帶奶奶去那邊呀？」利雅歪著頭，露出無法理解的神情。

「我們打算讓奶奶搬到那邊住。」

「奶奶也很喜歡那個地方。」

「可是……可是……」利雅驚訝得說不出話來，突然的消息讓她的腦筋打結，一時想不到任何反駁的話語。

「這是我們思考過後的決定，這樣對奶奶是最好的。」

「那也要問問奶奶的意見呀！奶奶妳覺得呢？」利雅終於找回思考能力，著急的問道。

所有人都安靜了下來，想聽聽奶奶怎麼說。

奶奶只是露出有點落寞，又慈祥的微笑：「很好、很好，山上空氣好好，好像回到了南部的家鄉一樣，都好、都好。」

「奶奶！」

「我們已經決定了，也和奶奶談過了，這麼做對她是最適當的。」

「而且那邊有全天候的醫務人員。」

「奶奶又沒嚴重到要人照顧自己的地步！」利雅不放棄任何希望，趕緊提出意見。

「阿雅雅，妳乖乖，一切都會很好的。」奶奶慈祥的安慰著利雅。

利雅則覺得，奶奶真的知道發生了什麼事了嗎？還是奶奶真的癡呆到無所謂的地步了？就在除了利雅的反對，並且反對無效的情況下結束了會議，利雅覺得無助又難過，無法諒解這樣的結果。

晚上，利雅來到奶奶房間，打算與奶奶共度最後的幾個晚上。

從有記憶開始，利雅就沒和奶奶分開過，母親在她出生的時候就過世了，她對母親的印象都是來自奶奶，現在卻必須要和奶奶分開，利雅覺得自己的胃開了一個大洞，想吐卻吐不出來。

某個晴朗的星期日早晨，所有人在客廳等待著專車的到來，奶奶只帶了一個皮箱。箱子裡的東西是利雅和奶奶一起整理的，裡面還有奶奶用來放置重要物品的小木盒，裡面裝了許多奶奶珍貴的回憶。

「東西都有幫奶奶收好嗎？」瑜治詢問利雅。

利雅轉頭忽略爸爸的目光。

照護中心的專車來了，利雅緊緊抓著奶奶消瘦的手，深怕一放開就再也見不到奶奶了。

「假日的時候就可以去探望奶奶了。好啦！快點讓奶奶上車吧！不然等奶奶到了中心，就要天黑了。」美繪提醒利雅。

利雅趕緊湊近一臉和善的照護人員身邊，小聲的對她說著：「如果奶奶有寫信請妳幫她收著，拜託，請一定要幫她保管，我會去拿那些信的，謝謝妳！」照護人員顯得很驚訝，但也和善的點點頭。

利雅看著照護中心的車漸行漸遠，遠遠的車影行駛在郊區的馬路上，彷彿送葬禮車般沉默無言。

03. 奶奶的回憶

上山的公車載著旅客緩緩爬行，遠離了塵囂，只見綠意盎然的青山無際。望著窗外的景色，利雅回想自己拒絕父親的提議，堅持自行搭車上山。雖然不甘願，卻必須承認父親說得沒錯，『富育照護中心』的環境真的很清幽。空氣清新不說，某些路段還能將山下的景色盡收眼底。原本還想約育軒一同來的，但利雅想到育軒肯定會冷漠的拒絕就作罷，吃過兩次閉門羹的利雅已經不太想和育軒打交道了。

公車上的人越來越少，大部分的乘客上山都是為了郊遊踏青，利雅到站時，已經鮮少乘客在車上。利雅徒步沿著路標來到了種滿花草的照護中心門口，綠色的草坪從門口一路延伸進院內。那是一棟搭配有綠色屋頂的全白建築，安靜的空間和與粉綠色的櫃台形成了一幅寧靜的風景畫。

利雅來到櫃台前，害羞的向櫃檯人員詢問。

「我要探望奶奶。」

「妳的奶奶是？」

「林念慈。」

「好的，請等一下。」櫃檯人員快速的在電腦上打了幾個字後，遞了張卡片和表格給利雅。

「請出示證件並在訪客單上簽名。這是訪客卡，請別在身上。」利雅簽好名後，連同身分證遞給櫃檯人員。這是利雅第一次正式使用身分證，讓她感到很新鮮。

「這樣就可以了。」櫃檯人員核對了證件後還給利雅：「林奶奶住在Ｂ棟０２房。沿著走廊走到底，穿過花園之後的綠色建築就是Ｂ棟了，請保持安靜。」

「喔！好。」

手上緊握著奶奶愛吃的食物，利雅按照指示來到中庭花園，長廊上坐著許多老人，有的在下棋，有的曬著太陽，或聽音樂或看書，一片祥和靜謐，時光彷彿靜止了，只見一個熟悉的身影也坐在長廊上，愜意的曬著太陽。

「奶奶，我好想妳。」利雅飛奔到奶奶身邊。

「哎呀、哎呀！阿雅雅一個人來的呀？有沒有迷路？」奶奶慈祥的摸著利雅的頭。

「沒有喔！這邊滿好找的，換趟車就到了。」利雅仔細的看著奶奶，看見奶奶神色清爽，終於讓利雅懸在心中的大石落了下來。

「好好，那就好。」

「林奶奶，妳孫女喔？」坐在隔壁原本在打瞌睡的老人突然驚醒，親切的搭著話。

「對呀！」

「真乖，還會來看老人家。」老人說完話又打起瞌睡來了，祖孫二人無言的看著瞌睡老人。

「奶奶，這個給妳。」利雅趕緊進貢特地準備的零食。

看到最喜歡的七七乳加巧克力棒，奶奶開心得合不攏嘴。安養院什麼都好，就可惜禁止吃甜食。

「奶奶，以後我可以常來找妳嗎？」

「好好，課業也是要顧啊。家裡好嗎？」

「很好呀！和平常一樣，美繪阿姨都要安妮把家裡打掃得很乾淨，安妮可累慘了，美繪阿姨一定有超級潔癖！」利雅將家裡的近況具實以報。

「哎呀、哎呀！妳怎麼還是叫阿姨？要叫媽媽喔！」

「我知道啦！只是覺得很奇怪，而且她也沒有要我叫她媽媽呀！」回想起先前自己期待的心情，利雅現在只覺得落寞。

「好好，記得我跟妳說過，以後是一家人了，既然是家人，就要互相包容照顧。」

「有啦！記得啦！」利雅敷衍帶過，換了個話題：「奶奶，妳住得還好嗎？」利雅

的一點心思，奶奶都看在眼裡，但也只好隨她。

一陣微風徐徐的吹過，安靜得沒有一絲塵囂。

「很好、很好，這邊很舒服，很安靜。」雖然嘴裡說著安靜，奶奶的表情卻透露出了些許落寞。「只是有點懷念菜市場啦、阿美啦……里長伯啦……」奶奶細數著以前的老友們。

「奶奶……阿美阿姨也很想妳……她都會問起妳的消息……」奶奶果然還是喜歡和家人一起生活，那是理所當然的。利雅不知怎麼安慰奶奶，趕緊又轉移話題：「奶奶，為什麼阿美阿姨叫妳老闆娘啊？」

「哎呀、哎呀！怎麼又問這個？」

「因為妳每次都不說啊！說嘛、說嘛！」利雅使出自己最擅長的賴皮功，利雅最想知道的，還是奶奶的家書上的內容，可是又怕直接問了，自己偷看的事情會被知道。利雅露出期待的表情，希望這次能夠從奶奶口中得到答案。拗不過利雅的奶奶，終於開始說起過往。

「這要從很久以前說起，以前呀！我們也常這樣曬著太陽，坐在火車站外面，等著阿治他爸回來。」奶奶的思緒隨著回憶飄回到了過去的歲月。

年輕的奶奶帶著八歲的小瑜治坐在火車站前，引頸期盼的看著從火車站出來的旅人們，每個歸鄉的人都帶著厚重的行李。

「媽，阿爸還認得出我們嗎？」小瑜治擔憂的問著，阿爸已經有半年的時間沒回家了。

「當然啦！你阿爸在信裡常常提起你！」念慈憐惜的摸摸小瑜治的頭。

終於等到了熟悉的身影出現，念慈與小瑜治趕緊向前，這是過完年後，一家人第一次重逢。

「阿勇！」念慈高舉雙手招呼，吸引阿勇的注意。

時值中秋將近，南部返鄉人潮眾多，總算在人群中看到家人的身影，在外做工，皮膚曬得黑亮的阿勇開心迎向久別的家人。

「阿慈、阿治。」就見小瑜治害羞的來到阿勇面前。

「阿爸。」小瑜治怯生生的喊了一聲，分別半年，畢竟有點生疏。

「阿治。」阿勇摸摸小瑜治的頭：「都長那麼高了呀！」

「阿爸，我幫你提。」小瑜治趕緊搶過阿勇手上的行囊，卻被行囊的重量壓垮，狼

狽的模樣逗得阿勇和念慈笑了出來。

一家人沿著馬路走了一段路，才回到村口的家，老舊的家門外，搭了一個簡單的小鋪子，鋪子上掛了一個招牌，寫著「阿慈糕餅鋪」，阿勇看著那塊自己親手掛上去的招牌，深感驕傲。

「今天沒開店啊？」

「今天你要回來，當然要休息一天呀！」

「早上阿美有過來，拿了她阿母做的菜粄來。」念慈邊倒茶邊訴說些家事。

聽到阿美的消息，阿勇露出不悅的表情：「早跟妳說，不要和那家人走太近，阿美又來幫她爸借錢了吧？」

「阿美很乖，只是阿爸太不中用了。」

「是喔！只是愛賭錢而已。」

「阿勇，等等就可以吃晚餐了。」不理會阿勇語氣中的挖苦，念慈也有一套自己做事的法則。

「太好了，終於可以吃頓像樣的了。」阿勇開心的回應著。

小瑜治在一旁開心的看著阿爸黝黑的臉。

「阿爸，你在工地的生活還好嗎？」

「還好，雖然每天都要工作到很晚，還好有你媽一直寄信給我。」

聽到對話，念慈有點不好意思的笑笑。

「而且呀！你知道阿猴吧？」

「阿猴叔叔？」

「對對，就是他。每次他看到我收信，就嫉妒得牙癢癢的，看了就好笑。」

阿勇唱作俱佳的模仿著同事，逗得念慈和小瑜治笑得合不攏嘴。

「每次阿治就吵著要幫你寄信，都是他拿去丟郵筒的喔！」

「喔！阿治這麼厲害呀！」阿勇佩服的稱讚著，讓小瑜治不好意思的笑著。

吃過晚飯，阿勇和念慈坐在屋外乘涼，中秋過完，天氣就會逐漸轉涼，他們緊抓著秋天的影子。念慈回憶起上次，兩人像這樣並肩坐著乘涼，好像是很久以前的事了。

「我現在準備要和人合夥籌備資金，開自己的工廠，到時候就不用一直看別人臉色了。」看著朦朧的月光，阿勇憧憬的說著。

「嗯嗯！阿勇。」念慈突然進了屋內，拿出一個滿滿的信封交給他。

阿勇接過後，打開一看，裡面塞了厚厚一疊鈔票。

「阿慈……這是哪來的？」

「我存下來的，餅鋪的生意不錯，你就拿去用吧！」

阿勇感激的看著念慈：「阿慈，妳跟著我會不會後悔？」阿勇慚愧的說：「明明妳是個大小姐，原本可以和更有錢的人在一起過好日子的……現在卻和我這個粗人……」

念慈打斷了阿勇的話：「我現在就過著很好的日子了。」念慈表情堅定：「如果當初聽家裡安排，我也沒辦法自己開店學做生意，現在還是被供起來養的少奶奶，什麼也不會。」回想起過去茶來張口，飯來伸手的日子，念慈感慨的說。

「念慈，怎麼會有妳這樣的大小姐！」阿勇感激的懷抱著她的肩膀。

「生活就是要活在當下，這樣還比較有活著的感覺。」念慈滿足的說著。

小瑜治坐在屋內偷聽父母談話，深深感受到自己擁有全天下的幸福。

悠閒的家庭生活彷彿可以一直持續下去，但事實上，時間過得飛快，短短兩天中秋假期就過去了。

「阿爸……」

「我要到北部上工啦！」阿勇開朗的說。

「其實你不去也沒關係啊！糕餅鋪的生意越來越好，阿治現在也都能幫忙我很多工作。」念慈擔憂的說道：「工地那麼危險，要是有個萬一……」念慈不敢想像有可能會發生的事情。

「怎麼能靠女人吃飯。」阿勇反駁著，讓念慈回想起當初阿勇離開時，意氣風發的模樣。

「等到穩定了，我就接妳和阿治一起到北部。」阿勇握著念慈的手：「到時候，妳就不用再拋頭露面的賣東西了。」

「阿治，媽媽就交給你保護了。」阿勇摸摸小瑜治的頭說道：「要好好幫媽媽的忙喔！」

「阿爸，我會的，交給我吧！」小瑜治拍拍胸膛保證著。

「真乖。」阿勇轉向念慈，露出開朗的微笑：「那我走了。」

奶奶看著遠遠的天空，彷彿那天阿勇離去的身影就在眼前般。

「原來奶奶以前開過糕餅鋪啊！難怪這麼會做點心。」利雅托著腮幫子，用崇拜的眼神看著奶奶。

「那然後呢？」利雅著迷的問。

「然後阿勇爺爺就回北部啦！」

「那店鋪呢？」

「嗯……店後來收起來了。」奶奶神情有點落寞的說道。

「為什麼收起來了呢？」利雅好奇的問道。

彷彿沒聽到利雅的問題，奶奶突然站了起來：「哎呀、哎呀！今天風好像有點大，利雅，快點回家吧！」

「我想要多陪奶奶一下。」利雅拉著奶奶的手撒嬌著。

「真拿妳沒辦法，只能再一下下喔！」

祖孫倆如同在家裡一般閒聊著各種瑣事，直到訪客時間結束為止。

離開安養院時，利雅在門口遇見了到家裡接走奶奶的看護阿姨。

「啊！阿姨。」利雅趕緊叫住對方，看到利雅，看護阿姨還有點認不出利雅。

「請問，我奶奶有沒有寄信……」利雅趕緊詢問。

「喔喔！對，我幫妳收起來了，林奶奶堅持要寄，我們本來想說寄回去的……」

看護阿姨從辦公室拿出了幾封信封交給利雅，利雅慶幸著還好有請看護阿姨幫忙先將信收了起來。

公車上，利雅趕緊看著奶奶的家書，書內沒有任何新的內容，依舊是要爺爺多穿多吃。利雅覺得有點失望，她原本抱著某種期望，或許奶奶的家書內容有些特別的意義，但看來又似乎真的只是奶奶的癡呆表現？

利雅回味著奶奶說的故事，心想自己現在才知道，阿美姨一直把奶奶叫做老闆娘的原因，感覺奶奶好像很厲害的樣子呢！下次一定要再追問出細節。

當利雅回到家，太陽已經下山了，萬家燈火將城市的夜空點綴的如同白晝，人工燈火的光芒散發著熱度。

利雅只覺得離開了奶奶心裡很不踏實，不禁感到落寞了起來。

04. 壞消息

越接近放假就越感到炎熱的六月，接近正午的課堂上，雖然電扇全開，依舊有不少學生汗流浹背。濕黏的襯衫與汗臭味混雜，散發出陣陣刺鼻的味道，高溫讓人特別感到心煩氣躁。

「聽說小胖的奶奶本來想從南部上來看金孫，結果被拒絕了。」林琳拿著印有卡通圖案的扇子，翹著二郎腿坐在課桌上，邊搧風邊說著火熱的八卦。

「是喔！」利雅趴在桌上無精打采的回應著。

「妳奶奶不是也被送到療養院了？」

「嗯！」炎熱的天氣讓教室像個烤箱，利雅完全不想動彈。

「妳奶奶還有在寄家書嗎？」

「有呀！」

「妳還有在收藏呀！」

「嗯！」

「怎麼收藏？」林琳發揮打破砂鍋問到底的精神。

「就請療養院的看護阿姨幫忙收著，我去的時候再拿呀！」利雅平鋪直述，偷偷挪動位置，挨近了林琳一點，借風納涼。

04 壞消息

「最近裡面寫啥？」林琳大方的搧了點風給利雅。

「沒啥特別的，都是要爺爺多穿點之類的。」利雅顧不得形象，拉開上衣襯衫讓風透進去。

「家書的事情還沒解決呀？」林琳問的是自從上次，利雅因為收藏家書而和爸爸鬧彆扭的事。

「還沒呀！」

「為什麼妳爸這麼不想讓奶奶寄家書啊？只是老人家的懷舊舉止，應該無傷大雅吧？」

「誰知道？怕過去的祕密曝光？」利雅胡亂搭腔。一想到爸爸將奶奶送到療養院，利雅就一點都不想有任何關心爸爸的念頭，她現在最討厭的人就是爸爸了。

「那妳的新媽媽咧？」

「唉！」利雅嘆了口氣，對於美繪與育軒的冷漠，已經連提都不想提了。

又捱過了一個炙熱的上學日，利雅回到家時，發現除了爸爸，家裡沒有其他人。看來美繪和育軒又不在家了，他們通常都要到晚餐時間才會回家。利雅一直很納悶，到底

美繪和育軒都到什麼地方消磨時間？

自從美繪成為這個家的新女主人，安妮就被吩咐必須「仔細」的打掃各個角落，現在肯定又在哪個房間刷馬桶了吧！如果來不及做晚飯，她又會挨罵的，利雅為安妮擔心著。

爸爸坐在客廳，似乎是在等她的樣子，利雅只覺得腳變得好重，手心直冒冷汗。自從奶奶離家後，每次獨自面對父親都讓她備感壓迫，希望時間走快一點，快一點，再快一點，快到再也不用和父親相處，快到自己可以馬上長大獨立。

「育軒說看到妳還在幫奶奶收信。」瑜治開門見山的問道。

「育軒怎麼會知道？」利雅訝異的問道。自從上次被育軒告狀後，利雅就一直很小心的處理著信件。

「妳不要管別人怎麼知道的，上次也是不了了之，這次一定要妳好好的承諾。」

「……不要。」

利雅勇敢的拒絕，雖然知道頂撞爸爸可能會挨罵，卻還是選擇如此。

「妳知道我是為了什麼才將奶奶送到安養院的嗎？」

「因為你嫌奶奶麻煩了。」利雅用非常小的聲音說著。

雖然沒聽清楚利雅說的話，但瑜治多少能猜到利雅的意思。

瑜治沮喪的揉了揉太陽穴：「一來是因為奶奶需要良好的照顧，再來就是因為妳的態度。」

「跟我的態度有什麼關係。」

「妳的態度像個被寵壞的小孩，這是跟父親說話的態度嗎？」

「……」利雅想不出話反駁，只能繼續無言。

「我讓奶奶照顧妳，結果沒想到，奶奶竟然把妳寵得如此叛逆。」瑜治搖搖頭，深為隔代教養的後果感到後悔。

「奶奶才沒有寵壞我！」提到奶奶，利雅就變得激動起來。

「妳聽自己的口氣，一講到奶奶就這麼激動，這對奶奶的健康也沒有好的影響。」瑜治一直想糾正利雅的態度。

「奶奶很健康！」

「奶奶一直搞不清楚時間，這樣也很健康嗎？而且醫生也說了奶奶需要靜養。」瑜治覺得自己的太陽穴越來越痛，許久沒和孩子溝通，狀況也已經無法溝通了嗎？

「那也可以在家靜養啊！」利雅將自己壓抑的不滿說了出來。

「那是為了奶奶好，讓她能夠好好靜養，不用再擔心家裡。」瑜治再次感到利雅的不可理喻。

「如果是為了奶奶好，那就讓她繼續寄家書呀！反正她都在安養院了，看護也都覺得沒關係。」利雅就是不懂，為何父親會覺得不讓奶奶寫信，奶奶就算變健康了？

「就是因為寄信，才讓她的狀況變糟的。」

「你以前明明就很期待，還會幫奶奶寄家書。」

「妳從哪邊聽來的？」瑜治很意外利雅會知道過去的事。

「奶奶跟我說的。」

「奶奶已經癡呆了，說的話不能相信。」

「奶奶才沒有癡呆……」

「那妳說說看，奶奶為什麼會跑去寄家書？根本沒有人收得到，如果妳早點讓奶奶看到被退回的信，她也不會一直寄了。」

「那是……」利雅辭窮了，她也不知道為什麼。

「那是因為……奶奶想念……爺爺……」利雅的聲音越來越小，充滿了不確定。她根本不知道爺爺的事情，奶奶從來沒提過。

「那是不可能的。」瑜治篤定的推翻利雅的猜測。

「為什麼不可能？」

「反正就是不可能。妳不要再幫奶奶收信了，下次直接把信拿給我，我再拿給奶奶看。」

「……但是……」利雅不想答應，又不知如何說服爸爸。

「就這樣吧！妳也暫時不要去探望奶奶了。」

「為什麼？」

面對女兒一再反抗的態度，瑜治開始認為美繪說得對，利雅已經被寵壞了。

「奶奶需要靜養，我會和安養院聯絡。」

「可是……」突如其來的禁令，讓利雅後悔自己衝動胡亂說話。

「沒有可是了，現在回房間去，妳被禁足了。」

深知父親的脾氣，利雅像洩了氣的皮球快步回到房間，將自己用力的摔在床上，覺得自己彷彿是電視裡的悲劇女主角，只能蒙著枕頭哭泣。

經過那次爭執，利雅與父親的關係越來越冷淡，兩人完全沒有任何日常對話。學期

快要結束了，準備迎接八年級學生最後一個可以玩樂的假日，過完暑假，升上九年級的他們，即將面對的是密集的模擬考以及沉重的升學壓力。

期末大掃除時，利雅與林琳負責刷洗走廊。

「暑假的時候，小胖他爸要帶他們去越南探親耶！」

「是喔！」

「竟然不是回南部老家耶！」林琳試圖引起利雅的注意，表情誇張的下結論。

「喔……我爸不准我去看奶奶了。」利雅難過的和好友訴苦。聽到利雅的話，林琳完全沒有耍寶的心情了。

「為什麼？」

「他說我被寵壞了，而且我說他不在乎奶奶的健康。」

「喔……是這樣嗎？」

「我也不知道，其實安養院的環境真的很不錯就是了。」利雅承認。

「而且我到現在還是搞不懂育軒在想什麼。」

「妳說妳的新弟弟喔？」

「他從來不會主動跟我說話。現在家裡幾乎只剩下我們兩個在家，我爸又不常回家

了，阿姨也是。如果放假的時候，每天都只有我和育軒在家，要怎麼辦？」

「如果不想待在家裡，妳可以來找我呀！」林琳善盡好友的功能安慰著。

「我被禁足了。」利雅更沮喪的說出自己的狀況。

「喔……妳爸會禁足人喔？我媽都打一打就算了。」

「嗯！」

「到什麼時候呀？」

「不知道……」

「那我去找妳吧……」兩個人黯淡的結束了最後的掃除。

學期終於結束，利雅回到家中，依舊只有她和育軒一同吃晚餐的夜晚，已經持續了好多個星期。爸爸又和從前一樣，越來越少回家吃飯。自從奶奶住進安養院後，爸爸原本不打算續聘安妮，但美繪表示希望讓安妮幫忙打掃家裡，所以安妮才能繼續為他們準備晚餐，否則，美繪每天都打扮漂亮出門，很晚才帶著許多提袋回家，根本沒有做過一頓飯給兩個小孩吃。

而最近原本都自己出門的美繪，也變得經常和爸爸一起出門。雖然利雅偶爾還是想和育軒聊天，但育軒從來不會主動說話。

「你怎麼知道我在收信？」利雅趁著晚餐時間，詢問育軒自己最在乎的問題。

「沒什麼。」育軒只是繼續埋頭苦吃，有說等於沒說，就是他一貫的回答。

晚餐就在沉默中度過。利雅雖然對育軒告密的事感到委屈，卻又無從發洩。

利雅覺得自己非常的孤單，且無法到安養院探望奶奶。

利雅以為是因為自己的緣故，所以爸爸才不想回家吃飯，直到有一天，美繪與瑜治兩人深夜回到家中後，在客廳的爭執吵醒了利雅與育軒。

「我們可以跟媽要祕方另起爐灶，只要有那祕方，做出來的鳳梨酥一定會大賣。」美繪努力說服著瑜治。

「媽已經記不清楚事情了。」

「那翻翻看她的書信，說不定裡面有寫作法。」

「利雅都藏起來了。」

「那就叫她交出來呀！」

「就算拿到了，媽也只會在信紙裡寫些無關痛癢的話。」彷彿想起了不好的回憶，

瑜治的眉頭深鎖。

「那我們試試看讓她重做，身體記憶是最有效的，說不定媽也會因此好轉，多少變得正常一點。」

「我跟妳說過了，不行就是不行！」瑜治煩躁的拒絕。

「可是……」注意到樓梯口探出的兩個身影，美繪趕緊閉上了嘴。

「明天不用上學嗎？快點回去睡覺！」瑜治對在樓梯口探頭的兩個小孩命令著。

明天的確不用上學，爸爸已經忙到忘記小孩放暑假了。

被趕回房間的利雅，躺在床上翻來覆去就是睡不著，腦袋裡不停的納悶著剛才聽到的內容。一直以來，家書中所寫的「過去事件」讓利雅很是掛心，奶奶的祕方和「過去事件」有關係嗎？奶奶有鳳梨酥的祕方？以前怎麼從來沒吃過奶奶做的鳳梨酥？在利雅的印象中，奶奶非常會做糕點，但從來沒有做過鳳梨酥。懷著滿腹困惑的利雅，直到天色微亮了才睡著。

被禁足的利雅每天悶在家裡，有天正在房間裡寫功課時，聽到了敲門的聲音，打開門一看，育軒臉色陰沉的站在門外，讓利雅感到很意外。

「什麼事？」

「爸爸要妳下樓。」

利雅尾隨育軒來到客廳，看見爸爸坐在客廳沙發上，美繪臉色凝重的坐在餐桌旁，育軒難得乖巧的站在美繪身邊，偌大的屋子只點了一盞小燈。

「為什麼不開燈呢？」

利雅走到電燈開關旁，伸手準備要開燈，卻被瑜治的話打斷。

「利雅，我們要搬家了。」瑜治口氣沉重的說。

「搬家？為什麼？」利雅的手停在空中，屏息等待接下來的理由。

「工廠失火，燒掉了所有的東西，我們也必須負擔賠償金。這棟房子已經拿去抵押了，我們破產了。」瑜治懷著歉意，一口氣說完這個沉重的消息。

利雅呆愣在昏暗的客廳，久久無法回神。

05. 冷漠的團圓

搬家的速度非常迅速，這是從出生以來利雅第一次搬家，而安妮也被資遣，他們一家四口帶著簡單的個人物品遷居。

林家從城市中比較多新建設的一邊，搬到了比較多老舊房屋的另一邊。他們的新家是間位於小巷子的老舊公寓，上樓時，必須經過陰暗狹小的樓梯，一旁灰色牆壁的油漆都已剝落。

公寓裡只有兩個房間，於是利雅與育軒合睡一間，當利雅走進放著一張雙層床和兩張破舊書桌的房間時，只覺得又小又窄。

剛到新家時，美繪要求利雅拿著抹布將公寓內所有的家具都擦過一遍。利雅不可置信的瞪著美繪，驚訝自己必須做家務事，還來不及拒絕，一旁的瑜治就表明了立場。

「妳媽媽要妳做什麼，妳就做吧！」瑜治口氣溫和的提醒著，但這樣的提醒更讓利雅感到難過。因為這也是第一次，瑜治這麼直接的要求利雅改口叫美繪「媽媽」。

交代完利雅整理的工作，美繪和瑜治就出門了。賣掉房子還債後，瑜治還必須每個月分期付款償還銀行債務。

他們除了生活費，還有沉重的債務要還，生活變得很拮据。利雅花了整天的時間才擦完所有家具，忙得腰痠背痛。

這段期間育軒都待在客廳裡看電視，讓利雅感到很不滿，即使要求育軒幫忙，育軒也只是回應著：「媽只有要妳做。」完全不理會利雅的請求。

直到晚上的八點檔連續劇都播完了，瑜治和美繪才帶著從巷口便利商店買的微波食品回來。這也是利雅第一次吃微波食品，從前都是由奶奶或者安妮準備新鮮的食材所做的豐盛料裡。

第一個晚上過去，和育軒同一個房間讓利雅很不自在。利雅注意到，原來育軒是個很獨立的小孩，上床前會將所有的東西準備好，包括隔天要穿的衣物等。即使同住一個房間，利雅依舊無法感受到育軒的存在，他安靜的彷彿是一隻貓，只專注在自己的世界裡。

寂靜的夜裡，躺在床上的利雅發現在破舊的小公寓裡，可以聽到許多不同的聲音，有隔壁鄰居的吵架聲、對面搓麻將的聲音、窗外貓咪爭地盤的聲音等，這些都是以往住在郊區的利雅無法體驗的。

在小公寓的第一個晚上，利雅輾轉難眠。翌晨，育軒早已起床出門了，而利雅因為失眠，睡到中午才爬起來。

利雅來到廚房想吃早餐，就看到美繪穿戴整齊，神色凝重的坐在廚房。

「起床了？」美繪煩躁的問道。

「早餐呢？」

「妳太晚起來，已經沒有了。現在去把地板拖過一遍。」

「拖地？」

「對，家裡現在還很髒，一定要好好的拖過才行。第一遍用拖的，第二遍要趴在地板上用抹布擦才會乾淨。」

「可是我還沒吃早餐。」

「如果不是妳那麼晚起來，也不會沒早餐吃。妳以為隨時都有人侍候著妳嗎？」美繪沒好氣的說道，她心裡了解自己多少有點借題發揮，但就是克制不了情緒。明明有許多事要處理，但眼前的大小姐卻可以天真的只管有沒有早餐吃。

利雅被美繪阿姨說得好像自己什麼都不知道一樣，被當成白癡的感覺讓她很傷心。她也知道現在家裡的狀況並不好，但是她也沒有任何能力協助，為何阿姨要用這麼苛刻的語氣對待她？

「沒有拖完地，什麼都沒有得吃。」美繪重複自己的規定。

「我才不管。」利雅嘗試反抗阿姨。

反正爸爸不在旁邊，利雅覺得阿姨憑什麼命令她。

「啪」的一聲，利雅只感到左耳嗡嗡作響，臉頰有股麻熱的感覺，她下意識的摀住左臉，這才發覺自己被打了一巴掌。

美繪露出憤怒的表情看著利雅，後者以一種全然驚恐的目光看著她，彷彿是第一次看見美繪。

「不要以為自己還是大小姐，我也不是妳爸，能隨便妳這樣頂撞。」

利雅還是呆站在原地毫無反應，美繪於是舉起她的右手，打算再給利雅一巴掌，利雅這才回神舉起左手抵擋。

但美繪一點都不手軟，抓住利雅的右手，再順勢多賞了利雅幾個凌厲的巴掌，力道不大，效果卻很驚人。利雅從來沒有面對過暴力，在全然呆滯的情況下，利雅被打倒在地上，美繪才停止攻擊。

「馬上去拖地，妳這個被寵壞的小孩。」

美繪只是想發洩壓力，意識到自己做得太過份後，美繪也不知如何是好，乾脆順勢

抓住利雅的手，將她半拖半拉的帶到廁所前命令道。

利雅邊發抖邊站起來，腦袋一片空白的她還處於驚恐狀態。

她機械式的走進廁所拿起拖把，就看見鏡子裡的自己，整張臉又紅又腫，利雅嗚咽著，卻又擔心如果自己再不開始工作，不知道阿姨還會怎麼對待自己。

利雅認命的拖著地，她這才深刻的體認到，快樂的日子已經結束了，取而代之的是真實生活的折難。

瑜治早出晚歸，每日回來都更顯沮喪。利雅不敢向爸爸說被打巴掌的事情，她覺得這是件非常丟臉的事情，無論是誰，她都不想被人知道，自己竟然被打得狼狽不堪。

國中最後一次寶貴的假期，因為沒有多餘的零用錢可花用，利雅的新生活就在沉重的氣氛與家事勞動中度過。

某天晚上，喝了許多酒的瑜治被朋友送回家，一進家門就吐了一地，還大吵大鬧的吵醒了在睡夢中的家人。

利雅睡眼惺忪的起床查看，每天的例行家事讓她晚上都帶著疲倦上床。一進客廳，就看見美繪熟練的拿著垃圾桶承接瑜治的嘔吐物，而後者則趴在客廳沙發上發酒瘋。

大家都不知怎麼辦才好，被吵醒的育軒也怯生生的站在一旁發愣。

第一次看到溫和嚴謹的爸爸，竟然有如此失控的態度，利雅只覺得疏離又陌生。而先前只在隔壁公寓聽見過的吵鬧聲，現在就出現在自己眼前，也讓利雅一時無法理解發生了什麼事情。

只聽見瑜治不斷的重複著：「我就跟你說了，我可以的，你要相信我。」還不時的揮舞著雙手，面對著不存在的對象：「我也想要做好呀！但是你們不給我機會嘛！」甚至突然掩面哭泣：「媽，我對不起妳，都是我不好，沒能給妳最好的照顧。」瑜治已經呈現胡言亂語的狀態，對著根本不在面前的奶奶道歉。

或許是聽到瑜治呼喊著奶奶，原本躲在一旁的育軒，突然回到房間裡拿出了一疊書信。

利雅仔細一看，發現那是自己藏起了的家書，一定是因為兩人生活在同個房間，彼此的舉動都很容易知道，所以育軒一下就找到東西了。

就在利雅意識到育軒的意圖後，緊張的想衝上前搶回信紙：「那是我的，還我。」

但育軒的速度更快，小跑步將東西送到瑜治手上，皺巴巴的信封到了瑜治手中，彷佛變成了最脆弱的小動物。

似乎發現了手中的東西，就是自己百般要求消失的事物，瑜治突然精神一振：「就是這個，如果沒有這個東西，媽一定還是跟以前一樣精明，她一定有辦法處理的。」瑜治開始用手將信封一個個撕破：「就是這個東西讓媽變得癡呆的，可惡、可惡！」

「住手啦！」

利雅試圖阻止瑜治，但喝醉了的爸爸已經搞不清楚狀況，伸手亂揮一通，利雅也被揮倒在地，而美繪緊抱著育軒，機警的站在門口附近，隨時準備逃跑的樣子。

彷彿撕累了，瑜治終於倒在沙發上，發出厚重的鼾聲睡去。

利雅看著被撕碎的信紙，只覺得自己對家人的信任，也變成了碎片灑落滿地。

隔天，瑜治對前晚的事完全沒有記憶，似乎串通好一般，也沒有任何人再提起這件事，一家人如同沒事般繼續過著平靜、沉默的生活。

「如果我去上班，就可以多一份薪水。」美繪的聲音從廚房傳來，公寓很小，只要聲音大一點，就算在房間裡也可以聽得一清二楚。

此時，利雅正豎起耳朵，想聽清楚父母爭執的片段。

「那誰來照顧媽？」聽到有關奶奶的討論，利雅將耳朵豎得更尖了。

「或許根本不用人照顧，反正到時候看狀況就知道了。」

「我們再想想辦法吧！我不放心只有媽一個人在家。」

就在利雅想方設法想多聽一點時，就聽見瑜治喊她的聲音，利雅走出房間。

「這個星期，我們要去接奶奶回家。」瑜治向利雅宣布。

「原本我打算讓奶奶繼續待在安養院，但目前看來，搬回來一起住是比較實際的作法。」瑜治顯得很難過。

「我們已經盡力了。」美繪安慰著瑜治。

利雅無法理解為何爸爸這麼沮喪，雖然多少有體會到或許是和經濟壓力有關，但這時的利雅，還感覺不到對金錢的真實匱乏感。而這個消息是搬到小公寓以來，利雅第一次感到高興，而且還是高興不已。她只擔心在這麼小的公寓，奶奶能否住得舒服而已。

終於到了接奶奶回公寓的那天，瑜治開著破舊的二手車帶著家人上山，來到「富育照護中心」的門口，門邊所種植的鮮豔花草對比著破舊的二手車顯得特別突兀。

奶奶拎著自己的皮箱，面帶微笑的在門口等待著。

門旁有許多人依依不捨的向奶奶告別，細心的看護不忘提醒瑜治：「林奶奶的身體

有點虛，要好好幫她補一補。」

臨走前，看護阿姨將一疊信封拿給利雅，利雅趕緊趁沒人注意的時候塞進背包裡，就擔心又被搶走。

為了安頓奶奶，瑜治搬來了另一張較小的單人床，放在利雅與育軒所睡的房間，這也是唯一能安置奶奶的空間。

多了一張床，使得已經狹小的房間顯得更加擁擠。

瑜治面露慚愧的對奶奶說：「媽，房子很小，要請妳和孩子們擠一擠。我很快就會想辦法搬到更大的地方。」

「很好、很好，房間很好，很舒服。」奶奶不改慈祥的微笑著。

奶奶在房間裡緩慢但仔細的整理好自己的家當，而奶奶所有的東西，也不過就一個小木盒和幾件衣物而已，奶奶仔細的將小木盒放在床頭，和一直陪在旁邊的利雅相視而笑。

奶奶回到家的那天晚上，利雅開心的想著，終於有個說話的對象了。利雅迫不及待的想要向奶奶訴苦，關於最近生活的改變，與家人的相處等，卻又礙於育軒也在同個房

間而做罷，於是她改問了其他讓她困擾的事情。

「奶奶，為什麼妳從來不做鳳梨酥呢？」

只聽見奶奶發出細微的鼾聲，利雅偷偷爬了起來，確認育軒也睡著後，利雅就在被窩裡用手電筒偷看藏在枕頭下，才剛從看護阿姨手裡拿到的家書。之前的家書都被撕破丟掉了，利雅這次鐵了心打算謹慎到底，先前只放在抽屜，這次則要藏在一般人都不會想到的地方。

利雅甚至想，自己該不該學電影情節，包個塑膠袋放到馬桶水箱裡呢？反正會打掃馬桶的也只有自己了。

阿勇：

別來無恙。最近發生了許多事情，雖然我知道，過去的事就應該讓它過去，但我總是擔心著過去的事情重演，心裡有個大石就是放不下，也擔心阿治的狀況。不知道孩子們準備好了沒有，如果能確定一切會變好，我也就毫無牽掛了，畢竟人生總有許多的過程要學習和經歷的，我們還有多少時間陪伴他們呢？天氣變冷了，記得多加件衣服。

平安。念慈　筆

奶奶這次的家書寫得好深奧，好像打啞謎一樣，讓利雅猜不透更無法體會，雖然持續在看著，卻還是無法從中了解過去的生活。

但是利雅隱約想到，「過去的事」一定很重要，利雅希望自己有天能了解「過去的事」和「鳳梨酥祕方」，為什麼就算問了也沒有人要跟她說？

終於和奶奶重逢了，伴隨著親人細微的呼吸聲，利雅帶著感恩的心情，度過了一個真正平靜的夜晚。

06. 無助的祖孫

暑假剩餘的每一天，利雅都在家務勞動中度過，美繪的潔癖非常嚴重，利雅這才知道過去能相安無事的相處，都仰賴於安妮勤勞的打掃。利雅安慰自己，起碼藉由奶奶的協助，她現在多了許多打掃知識，知道只要使用白醋就能讓廁所保持乾淨，不用費力清掃。

和家人共同生活的奶奶顯得很有活力，雖然利雅會向奶奶訴苦，但奶奶通常只是點頭微笑，要利雅學習包容，然後教她幾招方便的打掃方法。老公寓裡有許多角落積塵已久，美繪要求利雅想辦法將塵封的汙垢給刮下來，而育軒根本不用做任何家事。利雅覺得自己很委屈，每天晚上能有空複習功課就要偷笑了；反觀育軒，每天無止盡的看著電視和不見蹤影，利雅不禁納悶著為何育軒有零用錢可花用？

自從第一次頂嘴被美繪打了巴掌後，利雅從此對美繪唯命是從，就怕自己再度被修理。但美繪並沒有特別找利雅麻煩，只要家裡乾淨，她似乎就可以接受。事實上，那次劇烈的衝突，似乎是第一次也是最後一次，利雅學會了看人臉色，與美繪維持著表面的和諧，相安無事的相處著。

美繪找到了祕書工作開始上班，依舊每天早出晚歸。瑜治則到工地打工當泥水匠。「我以前做過。」面對家人的關心，他如此輕輕帶過。

晚上，夫妻倆就到處拜訪應酬，希望能找到新的投資機會重頭開始。生活逐漸回到了一種常軌，如同少了鹽巴提味的秋刀魚，苦而無味。

某天晚上瑜治突然帶了個蛋糕提早回家。

「為什麼會有蛋糕？」正在吃著便當的利雅驚訝的問道，她已經記不得上次吃精緻食品是多久前的事了。

「今天是育軒生日。」瑜治開心的宣布。

「謝謝爸爸。」育軒露出難得的真誠笑容，還帶點靦腆。

一家人吃著海綿蛋糕，難得平靜的團圓著。

「利雅，妳要好好照顧育軒呀！」瑜治的心情顯得很好：「難得有個弟弟，你們要互相照應。」

利雅含糊答應著，就算她想和育軒好好相處，也要看育軒願不願意吧！利雅心想。利雅發現爸爸對育軒總是很慷慨，還記得他的生日，這是否就是育軒三番兩次刻意討爸爸歡心的原因，可以藉此獲得許多禮物？利雅一邊吃著蛋糕，一邊壞心眼的猜想著。

除了到醫院做檢查，美繪禁止奶奶獨自出門，她要求一定要有利雅陪著奶奶才能出門散步。每個星期一次，帶奶奶去醫院做檢查變成了利雅最期待的一件事，這是利雅與奶奶能夠獨處的時間，兩個人可以沿著人行道，邊曬太陽邊散步，愜意無限。

美繪和瑜治達成協議，不久之後就要把奶奶託付給日間照護中心，下午再由利雅去接奶奶回家。這天除了例行檢查，美繪預約了日間照護中心的參觀行程，因此利雅特別珍惜能和奶奶相處的所有時光。

第一次到醫院門診時，利雅顯得手足無措。從前都是由安妮陪著奶奶去辦理的，利雅從來不知道原來醫院裡有這麼多複雜的門診，一間又一間的候診室，一道又一道的長廊。在候診室裡，有許多的老人家是奶奶的舊識，都會主動向奶奶打招呼，讓利雅更感意外。

「林奶奶，好久不見。這是妳孫女喔？」一個手上拉著點滴架的老伯伯打著招呼。

「對對，是我孫女阿雅雅。」奶奶對許久不見的老友點頭表示。

「以前都陪妳來的安妮咧？」連安妮都認識，老人家們的社交真不像自己想像的只有片面，利雅心裡想著。

「安妮放假了啦！」而且是放長假了，利雅在心裡默默補充著。

「是喔！那妳孫女很孝順喔！這麼年輕，不簡單喔！」

「對對，阿雅雅一直都很乖，很會為家裡著想呢！」聽得出奶奶的聲音很是開心，而聽到奶奶在其他人面前讚美自己，也讓利雅稍微感到有點成就感和小小的得意。

每次檢查都必須一大早就出門，到了醫院掛號後，等待著排在前面，大概是凌晨就出門掛號的老人們結束看診，這段時間奶奶就會在候診室和其他老人聊天，有時利雅在旁邊聽著他們之間的對話，不禁懷疑，是否大部份的老人都癡呆了，所以能互相對話？

「林奶奶！今天阿骨打了沒？」阿骨打是什麼呢？利雅在一旁聽了百思不得其解。

「有有，有有，阿骨打完了還薩幣思了，張老你呢？」為什麼奶奶能對答如流呢？直到許久以後，利雅回想起來還是困惑不已。

通常輪到奶奶看診的時候，奶奶都會要利雅在外面等待。

這天，奶奶結束看診後先去了廁所，留下利雅在候診室外等待處方簽。一個年輕的醫生從診療室走了出來。

「林念慈？林奶奶？」聽到奶奶的名字，利雅趕緊上前。

「欸！妳是林奶奶的家屬？」

「嗯！」

「之前的安妮呢？」

「安妮回家了。」

「喔！」醫生也不多問，直接說重點：「這是林奶奶的處方箋，平常要讓奶奶營養均衡，多吃蔬果。」

「奶奶的癡呆很嚴重嗎？」利雅擔憂的問。

「癡呆？」醫生露出困惑的表情。

「奶奶不是老人癡呆嗎？」

「林奶奶有營養不良和過度操勞的狀況。還有，有些檢測的數值偏高，原本要幫林奶奶安排更精密的檢查的，不過她說沒時間。」看到利雅露出不知所措的表情，醫生和緩了語氣：「身為家屬，你們要多關心老人家。有些狀況如果及早發現就能及早處理，老人家的身體要特別注意，一點小變化都不能大意，尤其最近天氣轉變，也要小心感冒和支氣管疾病。」

「喔！謝謝醫生。」

奶奶從廁所出來，利雅趕緊迎上前去。

「奶奶，剛剛醫生拿了處方簽來。」

「喔喔！對對，拿好了喔！」

「拿好了，奶奶，醫生剛剛說，妳需要一些精密的檢查耶！」

「喔喔！是喔！」

「奶奶，我們應該安排一下吧！」

「好、好，改天、改天。」

面對奶奶慣常的態度，利雅也不知如何安排才好。

「阿雅雅，好好照顧自己，幫助家人，妳一定可以做得很好的。」沒有任何明確的回應，奶奶卻突然蹦出一句讓利雅完全無法理解的話。

結束檢查，利雅按照預定，帶著奶奶散步到了「老人日間照護中心」，照護中心有美繪阿姨認識的朋友，收費也屬平價。美繪阿姨依舊堅持奶奶必須由專人照顧，或許也是因為美繪不想照顧奶奶，寧願去找份工作增加收入的關係吧！利雅猜測。

利雅看著日間照護中心，心想這就是之後奶奶白天要活動的地方。利雅偷偷覷了裡面一眼，結果被眼尖的看護看到。

「歡迎參觀。」

利雅只好硬著頭皮回應：「我們今天有登記參觀。」

「是林奶奶嗎？」

「嗯！」

和奶奶一同走進照護中心，利雅看到裡面的老人都坐在院子裡曬太陽，而照護中心的佈置就好像個托兒所一樣，有餐廳、手工藝教室、活動的小舞台和可曬到陽光的庭院等等，只是被託管的是超齡幼兒。利雅以前從來不知道，原來社區中有這麼多的老人照顧機構。

當利雅和醫護人員在聊天時，奶奶坐在長廊前的椅子上曬著太陽，每次看到醫護人員的制服，總是能讓奶奶回想起過去年輕時住院的時光。刺眼的光線讓奶奶有點暈眩，還有多少時間呢？奶奶心裡疑問著。

「如果奶奶想要寄信的話，請一定要幫她寄，然後保留信件。」利雅依舊想要幫奶奶保留家書。利雅曾想過，若奶奶有一天真的如同家書裡寫得一樣，忘記了家人，起碼還有奶奶的家書可供回憶，那可是奶奶留下的提醒呢！

「我了解了，我會注意的。」看護體貼的回應著。院裡的許多老人都有些癡呆的狀況，所以才需要全天候的照顧。

「麻煩妳了，謝謝。」

結束了會談，利雅來到長廊上跟著奶奶一起曬太陽。

「奶奶，鳳梨酥的祕方是什麼東西啊？」利雅又問了自從在舊家聽到爸爸和阿姨吵架後，一直懸在心頭的事。

「喔喔！阿雅雅，妳猜猜？」

「是特別好吃的夢幻糕點嗎？」

「哎呀、哎呀！是那種就算只有一個人，也能堅強飛起來的東西喔！」

「喔！能讓人飛起來呀！」不出所料，利雅已經不抱持任何期望能從奶奶的言談中得到任何有關鳳梨酥的答案了。

奶奶的話變得很少，雖然請看護代為收藏，但其實除了那次在安養院得到的信件，奶奶都沒有再寫家書了。想想也的確不可能，一來沒有空間；二來每日幫忙利雅打掃家

裡，就已經消耗掉奶奶大部分的精力。即使要奶奶坐著，奶奶也總會趁利雅不注意時，打掃完其它地區。奶奶不寫信了，打掃起來卻還是很俐落。

利雅想起年輕醫生要奶奶多休息和補充營養的話，就對奶奶感到非常愧疚。奶奶會過勞都是她造成的，如果自己再能幹一點，手腳俐落一點就好了，或許讓奶奶到照護中心是件好事，起碼就不需要幫忙做家事了。

回到家後，瑜治和美繪還沒回家，美繪留了紙條要利雅到巷口的便利商店買晚餐，卻沒附上晚餐錢。美繪給的費用在奶奶看完診之後就所剩無幾，這已經不是第一次利雅用自己儲蓄的零用錢買晚餐，這也是為何利雅乾脆不出門的原因，她不知道自己的儲蓄花完了，要怎麼開口向美繪要錢？

就在利雅買完食物，準備帶著奶奶回家時，卻在巷口發現育軒和兩個年紀比他大的國中生聚在一起。當那些國中生離開後，利雅來到育軒旁邊。

「育軒，他們是誰啊？」

看到利雅出現，育軒彷彿被抓到了小辮子般縮了一下肩膀，狼狽的對利雅警告著：

「不關妳的事。」

「你不說的話，我就要跟你媽說。」

「那我就把妳又偷藏起來的家書找出來給爸爸看。」

「找得到你就試試看呀！」雖然嘴上這麼說，利雅其實心裡有點擔心，是否乾脆把家書藏到林琳家算了？

「反正和妳沒關係，妳知道也沒用。如果妳真的告訴我媽，我就……」

「就怎麼樣？」

「我就每天晚上吵得妳睡不著覺！」丟下沒什麼魄力的威脅後，育軒轉身快速跑回家，丟下目瞪口呆的利雅和奶奶。

利雅沒想到育軒會有這麼大反應，讓她更好奇的，是那兩個國中生和育軒的關係。這難道就是姊弟吵架嗎？利雅諷刺的想著，以前只有在電視上才看得到的情節，沒想到終於出現在自己的生活之中。

但利雅卻覺得自己對育軒已經忍無可忍，先是搶走了爸爸，現在又威脅要讓她不得安寧。

「莫名其妙的小孩！」利雅對著奶奶發牢騷。

「哎呀、唉呀！阿雅雅，他是妳弟弟呀！」

「才不是！他很沒禮貌，而且他也沒把我當姊姊看！」

「哎呀、哎呀！小軒軒是個乖孩子，他和妳一樣，也需要有人關心啊！你們一定要有一個人先打開心房，妳比較大，要主動一點啊！」

難得奶奶說了很多話，利雅趕緊把握機會好好抱怨。

「我有呀！我都不計較他偷……我東西的事了，是他態度都很差耶！」利雅不敢說出信件被撕的事。

「阿雅雅，態度差的背後一定有個原因的呀！」

「誰知道會有什麼鬼原因啊！」

「哎呀、唉呀！就是因為不了解，所以才要互相包容呀！」

「我還包容得不夠呀？家裡都是我在整理耶！」

「阿雅雅，吃虧就是占便宜呀！」

「奶奶，這已經不是吃虧的問題了。」利雅抱怨著。

「好、好，走吧！我們也快點回家吧！」

面對奶奶總是以和為貴的態度，利雅既生氣又不滿，卻又無可奈何。

07. 買菜初體驗

比利雅早了幾天開學，奶奶開始到照護中心「上學」。

將奶奶送到照護中心後，利雅提著菜籃，呆呆的站在市場中央，有種不真實感。過去到菜市場是為了陪奶奶散步，從不需要做任何決定。現在沒有奶奶告訴她怎麼做了，她該怎麼辦？

利雅回想起早上在家裡的一段對話。當時家人們吃著簡單的速食早餐，吐司搭配買來的特大號豆漿，一切就如同往常。這段時間，利雅一直都很聽話的維持著環境整潔，對於打掃也逐漸得心應手起來。就在生活開始有了空閒時，美繪阿姨突然宣佈利雅必須負責準備三餐，讓利雅不禁懷疑，這是否是阿姨要讓利雅的生活重新忙碌的新方法？

說是三餐，其實只有早餐與晚餐，而且瑜治和美繪通常都吃過晚飯後才回來，所以其實是準備利雅、奶奶以及育軒的晚餐。平時的晚餐大家都在外面買自助餐隨便食用，在開始看家事類的書籍後，利雅對於節省過生活也有了些體會，的確，自己開伙比吃外食省錢。

而父親瑜治也表示贊成這項提議，但可想而知，美繪應該沒有跟瑜治說一個月的伙食費是多少。瑜治非常信任美繪，認為她一定可以顧全所有事情，所以當美繪向瑜治提出建議時，瑜治當然非常贊成。

07 買菜初體驗

「利雅，爸媽實在太忙了。但我相信妳一定辦得到，而且也可以在做菜的經驗上學到很多。」瑜治語重心長的說道，並佩服著美繪的智慧。

「……」利雅無言以對，她也曾經和同年齡的孩子一樣，只要專心唸書就好，而且她還非常拿手呢！現在卻連家事都必須上手起來，比起美繪，利雅反而更佩服自己。

當然，除了利雅，沒有任何人表示反對意見。於是利雅就提著菜籃，呆呆的站在菜市場正中央，過去裝滿教科書知識的腦袋，現在卻完全無法理解需要買些什麼才好。

「阿雅雅，買菜很有趣喔！」將奶奶送到日間照護中心後，奶奶對著利雅說道。

「可是，奶奶，一個月二千元真的可以買到東西嗎？」

兩千元是美繪給利雅的伙食費，她明確的表示，除了固定的學雜費，利雅和育軒將不會再有任何零用錢。利雅安慰的想著，反正她也不曾從阿姨手裡拿到任何零用錢，起碼這兩千元可以補貼自己日漸消瘦的存款。反倒是育軒明顯驚慌了起來，或許，這也是阿姨想讓育軒少花點錢的方法吧！

讓利雅站在路中央發楞的原因，還包括了她從未買過任何新鮮食材，更不知道菜價多少。利雅粗略的估算過，過去自己光是買零食，一個月就可以花掉三千元，那兩千元要怎麼讓一家人吃得飽？利雅跑到書店翻閱了一下食譜，發現有《一個禮拜七百元》，《電鍋生活》等教人省錢的食譜，但食譜上的專有名詞，例如「切丁」或「過水」等，都讓她看得霧茫茫，連入門都還需要一段時間。

「阿雅雅，兩千元可以買很多東西呀！都可以買一輛車了呢！」奶奶樂觀的為利雅打氣加油。

利雅無言的看著奶奶，或許在奶奶年輕的時候，兩千元真的可以買一棟房子吧！

「這樣呀！那兩千元真的很多呢！」利雅露出苦笑回應。

提著菜籃上街，利雅尤其擔心被學校的同學看到，她閃閃躲躲的走在街上。在利雅心中，她覺得買菜和做家事，都是雇傭的工作，雖然必須做家事，但畢竟是在家裡面，沒有人會看到。但買菜就不同了，那是一定得要上街才能做到的事情。從出生現在，她從來沒有感覺這麼窘過，即使是有次考試只考了九十分那次，因為她少看了一題題目沒寫。還好現在還在放暑假，沒有放學的學生會經過。

利雅不自覺的照著以前奶奶的路線，走到了阿美姨的菜攤前。

「利雅，妳自己來買菜喔！」阿美姨看到利雅提著菜藍，關心的問。

「對……」利雅的聲音像蚊子般小聲的回答著。

「老闆娘最近好嗎？搬到安養院習慣嗎？」

「奶奶已經搬回家了，現在在日間照護中心。」

「這樣喔！以前老闆娘超能幹的咧！什麼都難不倒她，畢竟年紀大了……」阿美姨無限唏噓的感嘆著。

「我們現在搬家了，就住在公園旁邊的巷子裡。」利雅順便報告了一下近況。

其實阿美姨從其他的鄰居口中，也都知道了利雅家的狀況，但卻又不知道如何開口安慰。

「家裡的事妳就不要太擔心了啦！我認識妳爸很多年了耶！他一直都是個很堅強的人，就算發生了那些事，也一樣能扛起很多責任，把家裡照顧得很好呢！」

「哪些事？」利雅的好奇心被挑起，是「過去的事」嗎？

「就是……」阿美姨突然意識到，利雅似乎完全不知道過去的事，於是阿美姨趕緊換個話題。

「老闆娘叫妳來的喔？」

「是美繪阿姨啦！」

「美繪喔！我跟她不熟耶！雖然同鄉，但也只到小學三年級，她就搬家走了。」

「喔！」聽到阿美姨的話，讓利雅回想起的確聽爸爸說過，和美繪阿姨、阿美阿姨都是同鄉舊識的事。

「按照老闆娘的性格，她一定很鼓勵妳自己來買菜喔！」

「也算是啦！」回想起奶奶的那番話，利雅覺得那也算是種鼓勵吧！

「真是能幹，哪像我們家小婷，要叫她看個店，不三催四請很難請得動咧！」

「這樣喔！」利雅不知道要如何應對，只好隨便敷衍著，腦中盤算著如何開口問阿美姨，「過去的那些事」是哪些事。

「上次我才跟她說，如果她有妳一半的機伶就好了，我就不用一直操心了。」

「哈哈！這樣啊！」

「搬家之後習慣嗎？」

「還好……」

「真是的，看妳都瘦了一圈了，有沒有好好吃東西呀？」

「有……」

阿美姨露出懷疑的目光，挑著眉上下打量著利雅，犀利的眼神彷彿可以透過皮膚看穿利雅的體脂肪，讓利雅渾身不自在。

「來啦！南瓜多吃一點，妳現在正在發育喔！還有這個，青木瓜也吃一下。」隨興塞了一堆蔬果給利雅後，阿美姨突然想到了什麼，趕緊問利雅。

「安妮不在了，那現在誰煮飯？」

「我煮……」

「好，那阿美姨跟妳說，這個青菜用燙的，然後淋上滷肉就可以吃了。」

「阿姨，我……我沒有那麼多預算……」利雅面有難色的說著。

雖然阿美阿姨提供的食材都很吸引她，但還是將蔬果還給阿美阿姨。

「阿美姨不會跟妳收錢。」阿美姨又將被推回來的蔬果塞進了利雅的籃子裡。

「不行啦！」

「哪有什麼不行？我說行就行，不要囉嗦，拿去！」阿美姨再塞了兩顆青椒到利雅手中。

捧著滿滿的新鮮蔬果，利雅突然感到一陣鼻酸。

自從搬家到現在，很久沒有人對她這麼關心了。這兩個月以來，她的生活如同洗三溫暖，溫差之大讓自己都被逼出一身冷汗。此時突然感受到的暖流緩緩流進了心裡，利雅不自覺的紅了眼眶，斗大的淚滴不爭氣的掉了下來。

「怎麼啦？怎麼了？」看到利雅在哭，阿美姨驚慌得手足無措，不知該怎麼辦。

「沒有啦！只是最近有點忙……」利雅嗚咽著說道。

「也難為妳了，又要搬家，又要照顧家裡。」熱血的阿美姨也跟著紅了眼眶，吸了吸鼻水，趕緊又塞了兩個白蘿蔔給利雅。

「蘿蔔湯最好煮了，排骨過水後，和蘿蔔一起煮一個小時，然後加鹽巴就好了。」阿美姨哽咽的說著。

「有什麼問題來問我。以前喔！我受到妳奶奶很多照顧呢！」

「奶奶照顧過妳？」吸了吸鼻水，雖然傷心，但聽到奶奶過去的事情，還是讓利雅的耳朵尖了起來。

「對呀！以前我阿爸老是喝酒不工作，我們沒錢繳學費的時候，老闆娘都會主動借給我們。」剛剛的激動，加上回想起過去的事，讓阿美姨又紅了眼眶，趕緊用圍裙擦了擦眼淚。

利雅覺得很驚訝，原來奶奶的過去似乎是很厲害的老闆娘，所以爸爸更難接受逐漸癡呆的奶奶嗎？

「後來，老闆娘做的爆漿鳳梨酥賣得火紅，本來賺了很多錢，結果竟然發生了那種事……」

有了剛剛的經驗，利雅強忍著到了嘴邊想提問的話，硬生生又吞了回去，等待著阿美阿姨自己說溜嘴。

或許是渴望聽到八卦的執念太強烈，阿美姨注意到利雅聚精會神的眼神，馬上又意識到自己說錯話了。

「啊！呸呸呸！我真是的，沒事啦、沒事啦！」

「阿美阿姨……到底是什麼事，妳已經說溜嘴兩次了，如果不能知道，我可能會好奇到睡不著覺，告訴我啦！」

「喔……這是你們的家務事啦！不能夠讓外人來說，以前就已經鬧得很大了。妳想知道，就去問妳奶奶啦！」阿美姨決定來個三緘其口。

「奶奶現在有時候說話都像在打啞謎，有說話還好，但通常都不說話只是靜靜的微笑啦！」

「那去問妳爸。」

「我爸更不可能會說了，他只會板著臉說，人要活在當下。」利雅模仿爸爸嚴肅的

表情，維妙維肖的模樣讓阿美姨噗哧一笑。

「反正有什麼事就跟我說，不要客氣。我要先來去忙了，有需要什麼妳再跟我說，先走了。」

就這樣被打發走了的利雅看著阿美姨俐落的身手，利雅在心裡默默做了一個決定。

「哭哭啼啼已經沒有用了，我還有奶奶呀！」

想起奶奶，利雅就覺得自己充滿了精神，可以迎接許多的挑戰。尤其在得知奶奶過去曾是厲害的老闆娘後，利雅更覺得自己要效法奶奶，堅強的面對每個考驗，畢竟自己現在已經不再只是個普通的學生了，也希望自己能主動幫助家裡。

距離接奶奶「放學」還有段時間，利雅決定先將食材拿回家，就在儲放食物時，家裡的電話響起，利雅連忙放下手中的工作接起電話。

是育軒的老師打來的，請育軒的家人至學校開會。

除了利雅以外，家裡都沒人，雖然討厭育軒，但奶奶曾說過「就因為不了解，所以才要互相包容。」的話浮現在腦海中，利雅還是決定去看看育軒出了什麼事。

利雅很懷念的坐在涼爽的輔導室內，利雅也是這所國小的畢業生，和輔導室的老師感情良好，輔導室的許多表格還是她協助製作的呢！只見育軒表情陰鬱但乖巧的坐在旁邊。

「利雅，上了國中還好吧？」有張圓臉的老師顯得很和善，笑咪咪的關心著以前的學生。

「很好，有時候還是很懷念小學的生活呢！尤其是老師妳呀！」利雅和老師感情良好的敘舊了一番。

「妳現在是育軒的姊姊？」閒話家常後，似乎發現了育軒在旁邊顯得很不耐煩的樣子，老師終於回到了主題。

「對呀！老師，我爸和育軒的媽媽在今年三月的時候再婚，我們現在住在一起。因為爸媽現在都還在上班，所以就由我過來了。」利雅發揮了資優生的專長，有條理的解釋著狀況。

「喔……對對對！」老師彷彿想起育軒的確在年初時有了新家人這回事。

「好，利雅，事情是這樣的……」老師將事情的始末娓娓道來。

原來育軒在放假期間和同學在外遊蕩，並將數名同學引誘至熟識的網咖，加入網路遊戲消費。為了要獲得更高的點數，同學必須付費請育軒協助解任務，因此同學的零用錢大幅減少。同學家長發現後，打電話請導師處裡，於是導師將育軒帶回學校輔導室。

這件事並未觸法，但家長們還是希望老師能給育軒一些勸戒，不要再引誘同學去網咖了。

這是利雅第一次知道整天不見蹤影的育軒都是到哪去打發時間了。

「原來是這樣，謝謝老師，那請問育軒的同學有說是被強迫的嗎？」

「這倒是沒有。」老師手摸著臉頰，歪著頭回想著。

「那育軒和同學的交易都是心甘情願的？」

「似乎是如此。」老師點點頭。

「那……老師……」

「唉！我也知道妳想說什麼，妳也知道輔導室什麼狀況都接過。既然有家長投訴，我們也是要處理一下囉！這邊還是請妳簽個名吧！」

「那是當然的啦！謝謝老師。」

利雅接過輔導室的表格，看見熟悉的表格，莫名覺得有股親切感，在家長欄的位置簽下自己的姓名和關係後，利雅將表格還給老師。

「好啦！記得回去要告訴父母喔！這樣和家長的三方會談就結束啦！」

「那我可以帶育軒回去囉？」

「嗯！下次不要再去網咖啦！你們畢竟未成年嘛！」

「好，謝謝老師。」

輔導老師目送著這一對互動生疏的姊弟離開，默默的希望利雅能保持良好的品德，也能做弟弟的好榜樣，讓育軒能成為一個多點笑容的孩子。

利雅和育軒兩人，無言的走在前往照護中心的路上。

「為什麼要去網咖？」

「……」

「和之前在巷口的國中生有關係嗎？」

「……」

無論利雅怎麼問，育軒依舊保持沉默，就在快到照護中心門口時，育軒終於打破沉默。

「妳可以不要對爸爸說嗎？」育軒停下腳步，低聲要求著。

「為什麼？」利雅也跟著停下腳步，回頭看著育軒。

「……我不想讓他知道。」

「那你為什麼要偷我的信，還交給爸爸？」利雅終於有機會逼問自己一直很想知道的答案。如果是無聊的理由，她絕對不打算原諒育軒。

「……」育軒的聲音小得讓利雅聽不清楚。

「什麼？」

「從來沒有人像爸爸一樣，對我那麼好，我以為那樣能讓他高興，所以……」育軒低著頭，落寞的說出了利雅從來沒有想過的原因。利雅突然發現自己從來不了解，育軒的親生爸爸在哪裡？

利雅回想起初次見到育軒時，育軒對人所保持的冷漠，以及他極力想討好瑜治的模樣，都讓利雅無法再為了家書的事生育軒的氣，反而希望能為他做些什麼。

「喔……」

「那你可以答應，以後不要再去網咖了嗎？」

「我不知道……」

「那些國中生到底是什麼人啊？」

「他們是網咖認識的朋友，看我電動打得很厲害，所以說要和我做朋友。」

「你很會玩電動喔？」

「還滿厲害的。」

「然後你們就一起想到這個方法賺零用錢？」

「嗯！」

「不去會怎樣？」

「不知道，會被打吧！」

「對方也只是國中生而已，如果下次他們找你麻煩，我們一起去請他們國中的老師處理，如何？」

「……好。」思量許久，育軒才給了答覆。

「我不會告訴家裡的，你放心吧！」

育軒這才鬆了一口氣。

兩人走到照護中心接到了奶奶，看到育軒，奶奶開心的打著招呼：「小軒軒也來了喔！那我們一起去公園散步呀！」

利雅露出詢問的表情看著育軒，育軒乖巧的點頭。

兩人接了奶奶一同去公園散步，利雅發現，除了和奶奶兩個人以外，很久沒有和其他人一同陪奶奶散步了。

這天，祖孫三人在公園玩到很晚才回家。

08. 陌生的課程

從必須花一個小時，加上雙手綁滿繃帶才能完成一頓飯，到只需要二十分鐘，利雅已經掌握了做菜的技巧。雖然大部分時候的菜色都是燉菜、滷菜、麵或菜飯，只有在整個月有盈餘時，利雅才會買些肉來料理，通常是包水餃冰在冰箱。

幾個禮拜的訓練下來，已讓她成為省錢達人，媲美專業主婦了。

利雅不禁感嘆的贊同，逆境所能激起的潛能是無可限量的。

當利雅熟練快速的收拾餐桌時，令她意外的是育軒開始會主動幫忙。自從那天答應幫育軒保密後，育軒就開始主動幫忙家事，晚上也逐漸加入了利雅與奶奶的睡前聊天，雖然大部分時候都是利雅說話，奶奶和育軒聆聽。

新學期即將開始，在菜市場感受到阿美姨活力的利雅，發現自己不能繼續做個書呆子，必須未雨綢繆，學習新的事物。於是利雅利用暑假與學校的輔導老師商量，決定申請參加合作技藝班，讓自己不確定的未來多一種選擇。

在向家人表明自己的決定時，瑜治試圖說服利雅打消念頭，開學後專心唸書就好，還好有美繪阿姨在旁勸說，終於讓瑜治勉為其難的同意。

雖然利雅不認為阿姨真的在幫自己講話，但利雅逐漸了解如何和美繪阿姨相處，利雅心想，也樣也算某種進步吧？

開學後，當其他同學知道利雅的家境與參加技藝班的消息時，利雅看到熟識的同學們臉上的表情，有些帶著同情，也有些顯得幸災樂禍，只有林琳不當做一回事的鼓勵著她。

當看到其他人的眼神時，利雅竟然有著羞愧的感覺，即使知道家道中落不是自己的錯，卻覺得自己變落後了，這讓她很難去面對其他人的眼神。

但一心只想要快點像菜市場的攤販一樣，既獨立又能幹，她認為自己的決定是正確的，利雅抬頭挺胸離開教室。

技藝班課程在學校附近的育誠商工餐飲管理科上課，走進烹飪教室，四周幾乎都是女孩，只有少數幾個男同學和一組組專業的不鏽鋼烹飪工作臺。

與她同組的是個眼睛圓圓，個性大而化之的女孩，雖然已經上課了，卻還嚼著口香糖，有股大姊頭的風範。利雅壓抑著想糾正她的衝動。

「我叫張禹珠，叫我阿珠就可以了。」圓眼少女率先大方的自我介紹。

「我是王利雅，妳好。」利雅正經回答著。

上課不久，老師走進教室後先說了一段制式的開場白，以及教室的使用規定等等，就開始介紹這堂課要學習的課程。

第一堂課，他們要學習製作鳳梨酥。根據老師的說法，鳳梨酥簡單上手又受歡迎，這讓利雅想起阿美姨說過，關於奶奶曾賣過爆漿鳳梨酥的往事。

製作開始前，老師先簡單介紹了製作鳳梨酥的材料，有鳳梨餡、糖、麵粉、蛋、奶油等常見的食材。

有位同學舉手問道：「老師，聽說鳳梨餡是用冬瓜做成的，外面賣的鳳梨酥根本沒有鳳梨。」這個問題是大家都很有興趣想知道的，班上的氣氛一下熱絡了起來，討論的聲音此起彼落。

「有鳳梨喔！只是比例問題而已。」老師有技巧的抓回了同學們的注意力：「有同學知道鳳梨酥的由來嗎？」

只見全班同學紛紛搖著頭，你看我，我看你。

「三國時期，由諸葛亮發明的訂婚喜餅改良而來。」利雅舉手回答。

當聽說了奶奶曾經做過鳳梨酥的事時，她就去找了許多鳳梨酥相關資料，只是沒想到會在這時派上用場。

「沒錯，而在鳳梨酥漫長的發展過程中，由於鳳梨本身纖維粗、酸度高、口感粗糙

又容易塞牙縫，於是糕餅師傅們就開始尋找替代方案。各位猜猜替代方案是？」

「冬瓜！」全班異口同聲回答。

「沒錯！就是冬瓜，冬瓜含水量高達百分之九十，組織纖維細密，煮熟脫水後開發出了鳳梨冬瓜醬，製作出來的鳳梨酥口感最好，纖維細緻又不黏牙，這就是為何鳳梨酥的餡裡還有冬瓜的原因啦！」

「老師，那為什麼後來出現了土鳳梨酥？」有同學非常敏銳的提問。

「剛剛和各位說過，拌入冬瓜餡是為了調和鳳梨酸度，降低纖維感，讓口感滑順。但因為某些鳳梨酥使用的冬瓜餡比例過高，甚至僅用冬瓜餡加香精調味，完全未使用鳳梨果肉，且標示不實，所以就開始有人質疑這種做法是假鳳梨酥，因此造成標榜純鳳梨餡的土鳳梨酥開始流行了。」

「老師，傳統鳳梨酥和土鳳梨酥差在哪裡？」

「傳統鳳梨酥的內餡通常會拌入冬瓜餡，一般說來，冬瓜餡放得愈多，內餡顏色會愈淡，缺乏纖維感。」

「那土鳳梨呢？」

「土鳳梨酥的內餡能明顯吃到鳳梨纖維，而且酸度、香氣較重，甚至偶爾會有咬舌

感。但也因為果肉纖維多，與酥皮的黏合度較差，若是鳳梨餡混合麥芽糖或糖的比例不佳，酥皮結構太過鬆散，就容易皮餡分離，或是入口後，皮已消融，餡卻還留一大塊在嘴裡。這樣各位了解了嗎？」

「了解！」

「希望各位能客觀了解事件的前因後果，學會獨立思考，不要被媒體報導牽著走，影響了自己原本的判斷能力喔！」

「好！」

「好，那現在請各位看黑板，黑板上已經有製作方法。」

講解完鳳梨酥的特色與歷史，滿足了大家的好奇心，老師再逐一講解製作步驟後，就要大家開始實作。

「土鳳梨酥要自製內餡，費工費時，所以今天依舊使用傳統鳳梨餡，各位手上都有食材了，沒問題就開始製作吧！」

一聽見開始的指令，各組迅速動作了起來，只見利雅熟練的將麵粉揉和，阿珠在一旁見了佩服的說：「妳好厲害喔！我都還沒有揉過麵粉呢！」

「沒有啦！只是以前在家裡有看過我奶奶做過而已。妳……要不要先將口香糖吐掉

呀！」

「喔喔！對吼！」阿珠將口香糖吐在手上丟到垃圾桶後，馬上要加入協助揉麵。

「記得先洗手！」利雅趕緊提醒。

終於按照老師給的比例，捏出了三十四個方正的鳳梨酥，最後的步驟就是將鳳梨酥送進烤箱。

沒多久，烤箱就飄散出濃濃的香味，在等待的時刻，同學們開始隨性交談著。利雅正煩惱著，今天要買什麼食材才能將餐費控制在預算內，就聽見有幾個女生的聲音，以超高分貝從教室另一頭傳了過來。

「妳說得是真的喔！好可憐喔！呵呵呵！」高分貝的甲女說著，搭配著呵呵呵的笑聲，為何邊說可憐邊發出笑聲呢？到底是同情還是開心？

「哈哈！妳說得太大聲了啦！」高分貝的乙女則是哈哈哈的笑聲。

訕笑的聲音吸引了利雅，利雅回頭尋找聲音來源，終於在教室角落，通常是不想被老師注意的學生才會選擇待的那些角落，看到阿美姨的女兒小婷，和兩個穿著打扮都較為成熟的女生在同一組裡。

其中一個發現利雅在看她們，就直接走向利雅。

「欸欸！聽說妳是資優生，家裡很有錢喔？」原來是高分貝甲女。

「剛剛不是說了，那是以前啦！我媽說他們現在很窮，要好好照顧人家啦！」小婷一反在菜攤時的陰沉，出口譏諷。

「資優生耶！好厲害喔！資優生做的東西會不會比較好吃啊？」高分貝乙女用嬌嗲的語氣詢問著。

「妳很智障耶！做菜跟腦袋沒關係啦！」

「是這樣喔！哈哈哈哈！」

整個教室充滿了三個女生高分貝的聲音，吸引了其他原本在聊天的同學注意。一瞬間，被三個女生包圍住的利雅，成為全班注目的焦點，大家都想知道發生了什麼事。

利雅聽到一旁開始有人議論紛紛。

「欸！那是三班的利雅耶！聽說她家破產了？」

「她不升學了喔？幹嘛參加技藝班占名額啊？她成績很好耶！」

聽著這些評論，利雅感到背脊發涼，突然好希望自己變得很小很小，小到沒有人看得見她。

「啊！討厭！」高分貝三人組的其中一個女生突然發出慘烈的尖叫。

「啊！抱歉，手滑了一下。」阿珠似乎想就近聽清楚第一手資訊，卻不小心將口香糖黏在高分貝乙女的頭髮上，打斷了她們的訕笑。

阿珠嘗試幫那位受害者拿下口香糖，卻讓狀況越來越糟糕。

「好噁心喔！快點幫我拿下來啦！討厭。」高分貝乙女哭著跑出教室，另外兩位也跟著跑了出去。

「糟糕，可能要把頭髮直接剪掉了。」目送她們的背影，阿珠若無其事的說著。

阿珠對利雅露出真誠的微笑：「我覺得妳很會揉麵，下次一定要教我技巧哦！拜託了。」

發現沒有熱鬧可以看之後，同學們又回到自己的位置上，只聽見裝著眾人期待的烤箱發出「噹」的一聲，全班三百多個香濃的鳳梨酥已經完成了。利雅和阿珠開心的各試吃掉一個，不讓先前的小插曲影響她們的心情，接著平分了剩下的三十二個。

接近放學時分，利雅帶著鳳梨酥回到學校，班上的同學紛紛被香味吸引，利雅大方的分出了十個，自己保留六顆與家人分享。

「這個滿好粗的，尼們下次要做捨麼？」滿口鳳梨酥的林琳口齒不清的問道。

「手工餅乾。」

「記得多留一點給我。」林琳舔舔手指頭。

「這是上一堂的學習單，寫完明天早上要交喔！」

雖然技藝班的課程通常都會安排在藝能科時間，讓參加的同學們不會趕不上正課進度，但有時候藝能課會被借去趕正課進度，於是林琳就主動幫利雅抄好講義。

「我還沒去過妳的新家耶！今天可以去玩嗎？」

「好呀！來了不要被嚇到喔！小到爆炸。」

「我試試看。」

「那先陪我去接奶奶吧！」

「去哪接？」

「日間老人照護中心。」

「哪裡？」林琳露出有聽沒有懂的表情，無法理解那是什麼地方。

利雅帶著林琳來到了位在同個社區的照護中心，站在門口的林琳發出訝異。

「原來這是老人照護中心啊！我每次經過還以為是托兒所。」

「妳都不看招牌的喔？」

利雅帶著林琳穿過中庭尋找坐在長廊上的奶奶，並提醒林琳向其他老人打招呼。

「奶奶，林琳來看妳了喔！」

「是小安啊！好久不見喔！」

「我是林琳啦！奶奶。」

林琳將利雅拉到一旁，小聲的詢問：「妳奶奶的狀況還好嗎？」

利雅也小聲的回應：「嗯！奶奶現在話很少了，不過有時候又會說很多話，要看情況耶！不過身體好像還不錯。」

「那家書呢？」

「沒再寫了。」利雅搖搖頭。

利雅想到今天在烹飪教室做的鳳梨酥，趕緊拿出來給奶奶。

「奶奶，這是我在學校做的鳳梨酥。」

看到利雅的鳳梨酥，奶奶眼睛一亮，讚賞的點頭微笑。

「很好、很好，我嚐嚐。」奶奶拿了一塊，津津有味的咀嚼著。

「嗯嗯！可以賣賣看喔！」

「奶奶，那怎麼可能。」利雅趕緊搖手拒絕。

「嗯嗯！我們帶一點去菜市場給阿美嚐嚐，順便買菜吧！」奶奶建議道。

利雅的心裡還糾結著要如何節省飯錢，自從知道利雅要做菜後，阿美姨一直是她的好老師，直接請教她是最快的方式。而且利雅也很想和阿美姨分享自己做的鳳梨酥，雖然想到阿美姨，就會勾起利雅在烹飪教室發生的事。

「妳要去菜市場買菜？」林琳驚訝的問道。

十四歲的她，生活裡除了考試，吃很多東西，以及收集韓國帥哥團體的資訊以外，任何一件家事都是很難想像的。

「對呀！」利雅理所當然的回答著。

來到菜市場後，利雅左顧右盼，很慶幸沒有在菜攤看到小婷，看來如同阿美阿姨所說，小婷很少主動到攤子幫忙。

「阿美呀！」

「老闆娘！」阿美姨開心的和奶奶打招呼。

「老闆娘，今天學了什麼？」阿美姨關心的詢問，每日詢問奶奶的「課業」變成阿美姨的樂趣之一。

「有哇、有哇！學了跳舞呢！猜猜看跳什麼？」

「社交舞嗎？」奶奶的每日問答時間，阿美姨每次都猜錯。

「跳了康康舞呢！」

「康康舞？」在阿美姨的印象中，康康舞似乎是很劇烈的運動，沒想到老人照護中心這麼厲害，帶的活動很時髦呢！

「阿美阿姨，這是我做的鳳梨酥，請妳嚐嚐。」利雅將鳳梨酥拿給阿美姨，在阿美姨品嘗的時候，利雅趕緊說出自己今天的預算。

「阿美阿姨，妳今天推薦什麼菜？我的預算是五十元。」

「那袋番薯給妳，加進白飯裡煮，可以吃一個星期，營養又夠。」阿美姨專心吃著鳳梨酥，隨手拿了一袋番薯給利雅。

聽到利雅和阿美姨的這番「節儉」對話，林琳在旁邊驚訝得連表情都僵住了，她這才真的感受到，利雅突然決定參加技藝班的迫切性和理由。

和阿美姨挑選好了菜，阿美姨突然拿出了一張百元鈔票給利雅。

「這個給妳，我要先預購下次妳做的餅乾。」

「阿姨，妳平常也給我很多食物啦！我做好一定會拿來給妳的，不用給錢啦！」利雅趕緊婉拒，她欠阿美姨已經很多了，絕對不能再拿她的錢，就在兩人推拖之時，利雅的腦中突然浮現了奶奶所說的話。

「阿姨，我可不……可以……」真的要將念頭說出口，利雅又覺得非常害羞，欲言又止。

利雅決定鼓起勇氣，一鼓作氣說完。

「阿姨，我可不可以來市場幫忙？」

「幫忙？」

「妳不用給我工錢，只要讓我在妳的攤位旁順便賣點心就好了。」利雅露出期望的眼神。

「點心？」

「因為我想將上課時做的點心，多做一點拿來賣。」

「那妳只要將點心帶過來寄賣就好了，妳不用過來呀！」

「不行、不行，我一定要幫忙，不能只是讓阿姨幫我。」

「我們家小婷要是有妳一半貼心就好了。」感情豐富的阿美姨又感慨了起來，用圍裙擦著眼淚說道，奶奶則在旁讚賞的點點頭。

「除了買菜，現在還要打工賺錢，妳的人生還真多變化。」林琳嘆了口氣：「妳擺攤成功的話，我會捧場的，要打折喔！」滿懷感慨的對利雅說完後，林琳就去補習了，留下提著裝滿食物的菜籃，又有了新決心的利雅以及開心的奶奶。

利雅回到家，熟練的準備著晚餐。

今天的晚餐是就是阿美姨推薦的番薯，利雅偶而也會自行研發料裡，比如說加了牛蒡的炒飯，或者是用紅茶包熬煮排骨湯……，實驗性格非常堅強。

當爸爸和阿姨都回家後，利雅對家人說出了在菜市場的決定。

「利雅……」瑜治露出愧疚的表情看著利雅，不知從何時開始，原本以為被寵壞的女兒竟然變得這麼能幹。

「反正我都會在課堂上做東西呀！我就多做一點餅乾啦！蛋糕啦！之類的，就順便嘛！」

「那誰去接奶奶呢？」看著坐在電視前安靜看節目的奶奶，美繪露出「我可不幹」的表情。

「嗯……」利雅看著同樣埋首在電視前頭的育軒。

「育軒功課很忙，妳自己想辦法，看是帶奶奶去菜市場或者晚一點去接她。」意會到利雅的打算，美繪趕緊說道。

既然美繪這麼說，瑜治也跟著說道：「嗯！育軒還小，不要為難他。利雅，我覺得如果妳忙得來，就去做吧！」

「喔！」雖然這麼回答，但利雅自有打算。

09. 樸實的友誼

利雅原本打算每天做不同口味的餅乾去菜市場賣，但就在送奶奶去中心的路上，奶奶突然對利雅說：「阿雅雅，鳳梨酥以後會很熱賣喔！」

這麼一句無厘頭的話，讓利雅決定乾脆只賣鳳梨酥，況且或許可以詢問奶奶祕方的事，利雅還沒忘記這件事，反而一直卡在心裡。

她是否有可能重現阿美姨曾說過的，奶奶紅遍一時的爆漿鳳梨酥？

烹飪老師加上輔導老師的保證，利雅成功獲得午休時間使用烹飪教室製作鳳梨酥的許可，於是利雅開始了販賣鳳梨酥的新體驗。

生平第一次要賣東西，利雅對於該準備多少材料完全沒有概念，只好利用烹飪課找阿珠商量。

一聽到利雅要賣鳳梨酥，阿珠二話不說決定幫忙。

「那今天下課後，妳到我家來。」阿珠說著。

「為什麼?現在不能討論嗎？」利雅困惑的問。

「來了就知道了。」阿珠神祕的說道。

放學後，利雅和林琳一起在校門口與阿珠會和。

「阿珠，這是我的好友，林琳。」

「哈囉！叫我阿珠就好了，要吃口香糖嗎？」

「好哇！」兩個女生一見如故，並藉著分享食物的古老傳統建立起友誼。

三個女生吱喳的來到了「天元食品原料行」的店門口。

「我家到了，進來吧！」

「阿珠，這是妳家？妳家是食品原料行？」利雅驚訝的問。

「對呀！不然怎麼會去學餐飲，多少有點關係啦！」

「可是妳明明連麵粉都沒揉過！」

「賣原料又不一定要會做，而且我學烹飪的目的是想申請高職的獎學金補助啦！我跟家裡說過妳的事了，我媽聽了超感動的，她說妳要買什麼通通算批發價，要賒帳也可以喔！」

「阿珠……謝謝妳。」

利雅感動的看著阿珠，讓阿珠覺得臉皮一陣熱，趕緊招呼著：「別囉嗦了，快點進去啦！」

一進入食品原料行，林琳就被琳瑯滿目的商品吸引，瞪著眼睛呆呆的迷失在彩色椰果糖漿的世界裡。

利雅和阿珠兩個人認真的商量著要使用哪一種包裝和麵粉，就在兩個女生討論得正熱烈時，一個穿著打扮邋遢的國中男生，側提著畫滿塗鴉的書包出現在店裡，利雅一時覺得這個男生很眼熟，卻想不起來在哪見過。

「阿泰，回來不用說一下喔？」阿珠不悅的說道。

「不就看到了，有啥好講的？」被叫做是阿泰的男生痞痞的回道。

只見阿珠一個箭步向前，

精準的敲了阿泰的頭一記。

「喔！很痛耶！姊！」阿泰摀著頭抱怨道。

「不痛幹嘛打你？要說什麼？」

「我回來了啦！」阿泰沒好氣的應道。

「還有呢？」

「對不起……」

「很好。」

兩姊弟默契十足的互動讓在一旁的利雅看得一愣一愣的。

注意到利雅的阿泰，露出充滿興趣的表情直盯著利雅猛瞧：「姊，妳朋友喔？好漂亮喔！介紹一下嘛！」

雖然他試圖要假裝自己很「帥氣」，一邊抖腳一邊抽動嘴角，但看在兩個女生眼裡，只覺得阿泰顏面神經有抽筋的狀況。

「限你三秒給我消失到樓上去，十分鐘後我要去檢查你的功課。」阿珠連名字都懶得介紹，直接打發阿泰上樓。

「我才剛回來耶！」阿泰抱怨道。

「三……二……」

倒數的效果非常好，還沒數到一，就見阿泰已用驚人的速度衝了上樓。

目送阿泰的背影，利雅對阿珠露出佩服的眼神說：「妳跟妳弟感情好好喔！」

「因為我爸媽都很忙，所以從小就是我在照顧他，不過我們只差一歲喔！」難得能被人羨慕，阿珠有點得意的說。

注意到時間有點晚的兩人趕緊回到被打斷的主題，認真討論原料。

「那妳決定要用哪種麵粉了嗎？」

「先用老師介紹過的好了，不然我也不知道口感差在哪裡。」利雅嚴謹的考慮著。

「好哇！妳什麼時候開始做？」

「明天囉！」

「那我會到菜市場捧妳場的。」

「我好緊張喔！如果被認識的人看到怎麼辦？」

「被認識的人看到才好，就可以強迫他們買了！」林琳終於加入話題，雙手抱著零售的零食出現在櫃台前。

「這些也可以用批發價賣給我嗎？」林琳用充滿期盼的眼神看著阿珠。

「原價。」阿珠毫不遲疑的說道。

「為什麼！」林琳抗議的哀嚎著。

為了賺外快，利雅說服兼威脅育軒去接奶奶回家，自己則在放學後帶著五十幾個包裝精美的純手工鳳梨酥來到菜市場。

阿美姨一看到利雅，馬上兌現諾言，將攤位挪出了一個小空間給她。

「阿姨，小婷呢？」利雅顧忌著遇到小婷要如何應對才好。

「小婷很少來幫忙顧啦！還好現在有妳來幫我，多個人手好做事呢！」

「看到妳，就讓我想到以前呀！妳爸也賣過鳳梨酥呢！」阿美姨一邊手不停的教利雅整理攤位，一邊閒聊著。

「爸爸賣過鳳梨酥？」利雅驚訝的反問。

「啊！當然現在不一樣啦！現在是大老闆了。」

「已經不是了啦！」利雅臉色黯淡的提醒阿美姨。

「咦？喔喔！對喔！妳看看，人年紀大了就這樣，忘東忘西的。」阿美姨又窘又擔心自己的健忘會不經意的刺激到利雅。

對於阿美姨的失言，利雅不以為意，倒是爸爸的事讓她很好奇。

「阿姨，妳剛剛說，我爸以前賣過鳳梨酥？」

「對呀！那時候喔！妳奶奶的店鋪小，也比較偏村口，所以妳爸放學了，就會帶著做好的糕餅到村裡的市場賣，很受歡迎呢！現在我還是好懷念喔！老闆娘做的爆漿鳳梨酥，就算是現在的土鳳梨酥也比不上呀！」阿美姨完全陶醉在記憶中的美味世界裡。

利雅趕緊勤快的招呼買菜的客人，正送走一個客人，就聽見熟悉的聲音。

「利雅，我要五個鳳梨酥。」

「我要十個。」林琳和阿珠果然依約出現。

「妳們的話，免費贈送啦！」

「好好！」林琳開心的說道。

「那怎麼可以，就算我家便宜賣原料給妳，也還是有算錢的。」

「那我算一顆五塊錢。」

「那也不行，妳根本就沒有仔細考慮成本，一顆起碼要二十塊錢啦！」阿珠嚴肅的糾正。

兩人「討價還價」了一番，害林琳在一旁乾瞪著鳳梨酥口水直流，最後利雅以一顆

十五元的價格「殺價」成功。

當場吃完了鳳梨酥，林琳舔舔舌頭，認真的建議道：「妳要不要考慮開發新的口味呀？」

「不好吃嗎？」利雅著急的問。

「好吃呀！只是也很普通就是了。」

「我覺得藍莓不錯。」阿珠也建議著。

「香蕉啦！香蕉。」林琳趕緊提出自己想吃的口味。

「草莓呢？好像也滿常見的。」受到她們的感染，利雅也開始考慮是否要開發新口味。

「或者榴槤？」

「土司？」

「土司有味道嗎？」

胡亂提供了許多口味後，兩人又各自包了十個才回家。

利雅繼續站了兩個鐘頭，幫阿美姨做了許多雜事和顧攤位，但只賣出了二十五個鳳梨酥，其中還有二十個是阿珠和林琳買的。

雖然成果不彰，但靠自己的能力獲得金錢，讓利雅有著難以言喻的成就感和安心，覺得有更多預算為奶奶和育軒加菜了。

「剛開始都會這樣啦！」看到利雅還剩下大部分的鳳梨酥，阿美姨安慰著利雅。就在她們兩人一同收拾著攤位時，小婷終於出現了。

「小婷，妳來啦！」阿美姨看到女兒難得出現，露出欣慰的笑容。

「嗯！」小婷冷漠的應著。

「我有跟妳說過，利雅要來幫忙啦！那妳帶她把東西搬上車，我去廁所喔！其他就麻煩妳們兩個囉！」

「好。」目送阿美姨離開，利雅無力的應道。

就在利雅幫忙阿美姨將賣剩的蔬果裝箱搬上貨車時，小婷故意撞了利雅一下，結果利雅跌了個狗吃屎。

「哈哈哈哈哈！好蠢喔！資優生連走個路都會跌倒，大概除了唸書，其他的都不會吧！」

臉上沾滿了泥巴的利雅狼狽爬起，但小婷打算好好把握媽媽不在的機會，一掃在學

校的怨氣。

「我媽就是人太好了，妳一點忙都幫不上，竟然還打算給妳工錢，有夠浪費的。」

見利雅沒有反應，小婷得意的繼續諷刺。

「妳的鳳梨酥賣了幾個啦？兩個？丟臉死了，如果是我的話，才不會自取其辱咧！聽說妳奶奶以前很會做鳳梨酥喔！現在可憐囉！只是個癡呆的老太婆。」

原本不打算理會小婷的利雅，一聽到奶奶被汙辱，馬上生氣反駁。

「住口！我奶奶沒有癡呆！」

「我偏不要咧！癡呆老太婆，很久沒看到了，是不是快掛啦？我媽還一直老闆娘、老闆娘的叫，不過就是以前借了一點錢就感恩到現在，蠢死了。癡呆的老太婆最好快點去死一死啦！」

利雅突然衝動的撲向小婷，將她撞倒在地。

一心只想要叫小婷閉嘴，從沒打過架的她，只知道死命的用手摀著小婷的嘴，而小婷也不是省油的燈，平常搬貨習慣了的她，比利雅健壯許多，雙手一擋就將利雅推倒在地。利雅的臉猛烈撞上地面，小婷撲了上去，兩個人扭打成一團，附近的小販趕緊跑來勸架，但打得忘我的兩人完全聽不見任何人的勸解。

「住手！」

「我說住手！」

一雙長滿繭的手將兩人分開。

原來是回來看見扭打成一團的女孩，阿美姨趕緊和附近的攤販合作，奮力將兩個張牙舞爪的女孩拉開，兩個女孩依舊頑固抵抗著，想要突破限制繼續攻擊對方。

「啪」的一聲，清脆的掌聲落在小婷臉上，讓兩個女孩瞬間安靜了下來。

現場鴉雀無聲，大家都等著想看這齣戲如何落幕。

「什麼嘛！又是我的錯了！我討厭妳們！」小婷摀著被母親打腫的臉，憤恨的離開現場，留下呆若木雞的眾人。

「小婷！」對著小婷的背影，阿美姨徒勞無功的喊著。

「利雅，對不起呀！小婷就是脾氣壞。」阿美姨趕緊檢查利雅的傷勢：「妳們剛剛為什麼打架？」

「沒什麼……」

一旁圍觀的眾人發現沒戲看了，也帶著遺憾的心情一哄而散。避開阿美姨詢問的眼神，利雅默默的幫阿美姨收拾好後，全身掛彩的回家。

回到家的利雅，看見奶奶一如往常的坐在客廳看電視，利雅心裡感謝著育軒，為了不讓他們擔心，她偷偷跑到廁所檢查傷口。對著鏡子細數戰果，她發現額頭和臉頰有又紅又長的指印，臉頰上有撞到地面時造成的瘀青，手和腳則有多處皮膚擦傷，大概是和小婷糾纏在地上擦傷的。

這是利雅第一次和人打架，她心想，原來打架是這麼吃力不討好的事。

利雅在煩惱要怎麼掩飾傷口時，美繪難得提早到家，一進門就看到門口沾滿泥巴的鞋子，無法忍受髒汙的她準備要開罵時，就見利雅全身狼狽的走出浴室。

「妳那是什麼樣子？」美繪吃驚的問道。

利雅完全沒有心情理會美繪，更沒有力氣聽話打掃，打算無視美繪走進房間，但這樣的態度讓美繪更生氣。

「妳是聾子啊？怎麼搞成那個樣子，又髒又臭的，到哪裡跟人打架了？」

先前打架的激動和挫折還在胸中翻騰著，利雅終於忍無可忍的對美繪頂嘴。

「煩死了，又不關妳的事，晚一點我會清乾淨啦！」

「妳那是什麼態度？」

「跟妳一樣的態度啦！」

「妳給我閉嘴，這次一定要好好教訓妳。」

被吵架的聲音吸引，從房間裡走出來的育軒，看到美繪準備要打利雅，而一旁的利雅不知為何，竟然一身狼狽並擺出要抵抗的姿態，育軒趕緊衝到利雅面前，幫她阻擋美繪的攻擊。

看見育軒衝到利雅面前坦護她，美繪更覺怒火中燒。

「育軒，給我讓開，連你也要造反？」

「媽，妳知道自己在做什麼嗎？」

「我當然知道，我是在教訓……」

「媽，妳跟那個人好像喔！」育軒打斷了美繪的話。

聽見育軒的話，原本情緒激動的美繪突然像洩了氣的皮球般愣住，美繪摀著臉走到客廳，坐在一臉擔憂的奶奶身旁。

「帶你姊姊去包一下傷口。」

與奶奶並肩而坐，美繪語氣冷淡的對育軒說。

育軒催促著不明所以的利雅走回房間，並拿出醫藥箱為她上藥。看到育軒熟練的處理傷口，消毒包紮，利雅不禁好奇的問道。

「你怎麼這麼會包紮傷口？」

「以前常受傷啊！」育軒頭也不抬的回道。

「為什麼啊？」見育軒不答，利雅又問：「剛剛說的那個人是誰啊？」

「妳怎麼會弄成這個樣子啊？」彷彿沒聽到問題，育軒反問利雅。

「沒事啦！」原本想隱瞞帶過，但看到育軒關心的臉，利雅覺得應該告訴他實情。

「阿美阿姨，就是借我地方擺攤的阿姨，她的女兒看我很不順眼，這些傷就是和她打架弄的。」

「妳們在菜市場打架喔？」

「對呀！怎樣？」

「沒有，感覺很熱鬧的樣子。」

利雅只好苦笑回應。

不想奶奶擔心，利雅隨意編了個理由告訴奶奶，自己是跌倒受傷。

沉默的晚餐結束，睡覺前利雅又問了奶奶關於「過去的事」。

「奶奶，我今天聽阿美姨說，爸爸以前也賣過鳳梨酥！真的嗎？」不等奶奶回答，利雅又自顧自的接著說：「想想也對，家裡開糕餅鋪當然要幫忙啦！」

育軒躺在上鋪，默默的聽著她們的對話。

「阿雅雅，今天是怎麼跌倒的啊？」奶奶擔憂的問。

「沒什麼啦！妳還沒回答我的問題呀！」雖然不喜歡隱瞞奶奶，但也不想讓奶奶擔心，利雅隨口轉移話題。

「哎呀、哎呀！是不是和人打架摔倒的啊！」

暗自驚訝奶奶猜測神準，利雅決定裝傻到底。

「那爸爸賣了多久的鳳梨酥啊？」

只聽見打呼的聲音。既然問不出來，利雅暗自下了決心，一定要靠自己的方法找出奶奶的鳳梨酥祕方和「過去的事」。

10. 信賴的人

某天回家，利雅又帶著許多賣剩的鳳梨酥給坐在沙發前看電視的育軒和奶奶吃。

「利雅姊，我覺得這鳳梨酥很沒特色耶！」育軒終於鼓起勇氣說出自己的感想。

「我是按照學校老師教的做呀！」

「包裝很精美，口味很普通。」育軒發表著客觀的評論。

「那你覺得可以怎麼改進？」先前也聽過好友們的建議，生意一直呈現小盈小虧狀態的利雅，也覺得是到了該認真尋找改進方法的階段了。

「試試看自己做餡料如何？我看新聞說，土鳳梨酥的內餡很扎實。」

「我們哪做的到那些專業師傅的等級呀！」

「不用做到專業，有特色就好了啦！」

「可是我連要有什麼特色都不知道呀！」利雅腦中閃過一個模糊的印象，她好像忘記了某件事，一時卻想不起來。

兩個人抱著腦袋思考了一會，利雅突然對育軒提出建議。

「你來幫我一起賣鳳梨酥好不好？」

「那奶奶怎麼辦？」育軒第一個想到的是如何安頓奶奶。

「我們把奶奶帶去市場。」利雅已經想過這個問題了。

「可以嗎？」

「不試試看怎麼知道？」在這段時間，利雅已經經歷了太多新鮮的事，也不差帶著奶奶趴趴走了。

「賣鳳梨酥有什麼好玩的？」育軒考慮著。

「還滿有趣的喔！可以認識很多人，學習很多事啦！」

「聽起來跟我在學校做的事一樣呀！」

「還可以賺零用錢啦！」

「我在學校也可以啊！」

「你還有再帶同學去網咖啊？」利雅做勢要敲育軒的頭，育軒緊急閃過。

「沒有了啦！只是還是有同學要我幫忙解任務，收點時段費不過份吧？」

對於育軒的解釋，利雅覺得可以接受。

「不要太過分就好，不然再來一次，我可能也保不了你喔！」

「喔！」

「反正你來試試看，說不定我們可以一起找到特色呀！」

「奶奶，妳覺得咧？」

奶奶從頭到尾一直默默的嚼著鳳梨酥，

「嗯嗯，不錯不錯，可惜還是差了好多味。」

「什麼味？」對於奶奶的感想，利雅毫無頭緒。

「阿姨，我帶奶奶和弟弟來幫忙。」

「老闆娘！」阿美姨開心的和奶奶打招呼，結果整天下午都在和奶奶玩猜謎，完全沒在顧攤。

有了育軒的幫忙，生意竟然好轉起來。利雅從來沒想過要主動招攬客人，只知道將鳳梨酥寫上標價擺在攤位上，等待需要的人前來購買。但育軒卻對著走過的主婦們露出甜美的笑容，詢問她們要不要來個剛出爐的鳳梨酥。

不知是否被育軒的天真笑容吸引，鳳梨酥受到空前歡迎，轉眼已經賣掉了一半。

「你怎麼這麼會招呼啊？」

「看電視學的呀！現在做生意，只是等待客人上門是不夠的。」育軒發表了一番超越他年齡的精闢見解，讓利雅聽得目瞪口呆。

只見育軒甚至將鳳梨酥裝進盒子裡，擺上了招牌和價目表。

「我要去市場轉一圈，等等回來喔！」

阿美姨在一旁看了很是讚賞。

「喔！妳弟弟很厲害耶！」

「嗯嗯！阿雅雅，要和小軒軒好好學習。」奶奶也跟著幫腔。

利雅不好意思的笑笑，既然自己沒事了，趕緊幫忙阿美姨整理攤子招呼客人。

到了收攤時間，卻還不見育軒回來，於是利雅趕緊去找他，終於在巷子裡發現了育軒，他正和兩個國中生在說話，一旁的鳳梨酥被打翻在地。

「你現在改行賣鳳梨酥啦？上次叫你帶的同學怎麼沒有帶過來？」平頭男抓著育軒的領子問道。

育軒如往常一般，什麼話都不說。

「不要跟他廢話啦！給他一點教訓，以後就知道聽話了。」耍帥男慫恿著。

聽到耍帥男開口，正不知如何是好的利雅突然想到方法了，就在育軒要被揍時，利雅趕緊出聲阻止，並暗自祈禱自己沒有認錯人。

「阿泰！」

「誰叫我？」耍帥男邊抖腳邊回頭。聽到女生的聲音，他瞬間擺出自認最性感的姿勢回頭。利雅從暗處走出來，心裡感激著自己的好運，威脅育軒的國中生竟然是好友阿珠的弟弟。

「我是阿珠的朋友，我要跟你姊講，說你威脅小學生，還動手打人。」

「原來是妳！」

「阿泰，你認識她喔？水喔！學姊耶！」平頭男看到利雅穿的制服和學號，感興趣的說道。

「威脅他又怎樣，我連妳一起威脅咧！」看來阿珠不在，對阿泰而言並沒有實質的威脅作用。利雅絞盡腦汁，希望有其他的對策。

「阿泰，那個鳳梨酥是用你們家賣的原料做的。」

「所以咧？」阿泰不為所動。

「你不只威脅我和我弟，還把你們家的產品蹧蹋在地上，只要我跟你姊講，到時候阿珠一定會修理你。如果你答應不再騷擾我們，我就每天請你吃鳳梨酥。」這是最後一招了，利雅心想，再沒用的話，她和育軒可能就要有看醫生的心理準備。利雅吞了吞口水，心想即使對方也是兩個人，但自己姊弟倆是不可能打贏的。

阿泰在心裡暗自衡量了一下，對小學生來點小小的威脅或許不會引起姊姊憤怒，但蹧蹋食物絕對吃不完兜著走，阿泰趕緊做了個明智的決定。

「這種東西誰要吃啊！走了啦！」

阿泰領著平頭男離開了，利雅趕緊到育軒身旁。

「育軒，你還好吧？」

「嗯！利雅姊，妳認識他們喔？」

「其中一個是我同學的弟弟，上次去買原料時剛好有見過，你怎麼會和他們走在一起？」

「有一天我在路上閒晃，他們說帶我去網咖玩。」

「就是有一陣子你都很晚回家那時嗎？」

「嗯！我都是和他們去網咖，找同學加入遊戲，還有收解任務的費用也是那時候學的。」

「這樣呀！我們快點回去吧！奶奶現在一定很擔心。」

「姊，謝謝妳。」

利雅愣了一下，趕緊別過臉。

「謝什麼？走了啦！」利雅怕被育軒看到自己眼眶泛紅，這是第一次，育軒直接稱呼她姊姊，而非「利雅姊」。那感覺很既陌生又興奮，好像等待了許久的東西，在不預期的情況下突然出現在眼前一般。

回家的路上，挽著奶奶和育軒，利雅覺得好像又回到了以前，和奶奶、安妮三人一同從市場散步回家時那樣滿足幸福。

晚餐是利雅特製水餃，奶奶只嚐了一口，馬上吃出特別的風味。

「阿雅雅，這個水餃好特別喔！」奶奶認真品嚐著：「這個好像比普通的水餃多了一個味道。」

「對呀！我聽阿美阿姨的建議，加了……」

「等等等等。」奶奶著急的打斷利雅的話。

「等？」

「唉呀、唉呀！讓我猜猜看……嗯……」奶奶又挾了一顆水餃，細細的品嚐著。

「嗯嗯嗯！薑絲、蒜頭……好像還差一味，是哪一味呢？」

「對對對，奶奶好厲害，就差一味，快猜……」利雅突然愣住「……差一味！」

利雅猛然想起一件事，撇開餐桌上的兩人，利雅衝進房間後又突然衝出來，招手要育軒進房間，進了房間，就見利雅拿著一封皺巴巴的信。

「育軒，你看，這是最早之前，我幫奶奶收起來的家書。」

「竟然還有啊！妳都藏在哪裡呀？」育軒驚訝的問。

「小聲一點！」利雅趕緊看了一下門外，確定奶奶沒聽到對話。

「因為時間有點久了，所以連我自己都忘記了，剛剛聽奶奶說差一味的時候我才想起來。」

「奶奶不知道妳幫她把信收起來喔？」

「當然不知道呀！她可能以為信都寄出去了。」

「是嗎？」育軒想著奶奶微笑喝茶的模樣，實在很難看懂奶奶真正的想法。

「我要你看的是這個啦！」

育軒接過破舊的信紙，認真讀著上面用毛筆寫的娟秀字跡。

阿勇：

新的口味研發出來了。上次跟你說過，不知為何，無論我怎麼調配，總覺得就是差了一味。目前加了檸檬在餡裡，皮是用豬油桿的，桿的方法有個訣竅，這個訣竅可以讓皮更好吃，絕對可以做出一流的糕餅。但是這最後一味，你一定猜不到，所以先不告訴你，記得多穿點，等你回來。平安。

念慈筆

「這是奶奶的信？一流的糕餅？」育軒驚訝的問道，翻開信紙背面，還詳細記載著桿麵的方法和部分配方。

「對呀！不知道這個可不可以當做特色？」

利雅一直想知道的鳳梨酥祕方雖然沒提，但或許信裡寫的就是祕方的一部分。

「我一直覺得好像有什麼可以參考，可是那時我只是看過，沒想到現在有用了。你不是說要有自己的特色嗎？」

「可是最後一味是什麼？」

「不知道，沒有寫。」

「不如直接問奶奶？」

此時，被兩人撇下的奶奶正氣定神閒的坐在電視前喝著茶。

「我每天晚上都有問呀！奶奶從來沒回答，你也聽到過吧？」

「喔！對耶！」

「還記得先前聽過阿姨說，要向奶奶要鳳梨酥的祕方嗎？奶奶從來都沒做過鳳梨酥給我吃，可是竟然有祕方，太奇怪了。」

「而且之前的家書，還寫了祕方事件之類的事，加上阿美阿姨說的「那件事」，我覺得一定和鳳梨酥或者家書有關。決定了！我要來作土鳳梨酥給奶奶和爸爸吃，說不定可以讓他們重溫過去的感動！」利雅突然覺得熱血沸騰起來，像這樣類似猜謎的事一向能勾起她的興趣。

「可是如果過去的事一點都不感人呢？或許每個人都有些不想再提的事，如果是那些事呢？」育軒轉身背對利雅。

「一定是很感動的事，奶奶的家書裡都有寫呀！爸爸小時候幫忙賣鳳梨酥，等待爺爺回家的事情，都很感人耶！而且我們家現在正需要一些可以互相鼓勵的舉動，你到底要不要幫忙？」

遲遲沒有回應，過了一會兒育軒才悶悶的說：「……好哇！」

午夜時分，瑜治和美繪帶著疲倦的身體回家時，家人都已經熟睡了。

「今天經過菜市場的時候，我看到育軒和利雅在賣鳳梨酥。」瑜治對美繪說道。

「育軒在市場賣鳳梨酥？」美繪心想，一定要把利雅找來問個清楚。

「我還以為他們會賣些西式的小點心。」瑜治悶悶的說道。「小的時候，我曾經因為賣鳳梨酥被嘲笑，妳還記得吧？」

「嗯！村裡的小孩都會聚在一起，笑你渾身鳳梨臭味，不過他們是因為買不起才嘲笑你的。」

「只有妳會陪我玩，沒想到妳後來搬家了。」瑜治落寞的回憶著。

「因為和你一起玩，可以吃到免費的鳳梨酥呀！」美繪開玩笑的說道。

「我很擔心他們也會被嘲笑，留下不好的記憶。」瑜治一點都不覺得有趣。

「阿治……如果做鳳梨酥，我們今天就可以比較輕鬆一點了，你也不用到工地去。以你過去的累積，要用食品的人脈重來還有很多機會的。」

「我不想做鳳梨酥，我已經說過很多次了。」美繪再次碰了一鼻子灰，每次講到這個話題最後都無言結束，兩人準備就寢前，都沒有人再表示意見。

11. 爆漿鳳梨酥

『一九七〇年代，處於農業時代的台灣，經濟發展以農產品及其加工業的外銷為支柱，特別是鳳梨外銷市場排名全世界第二，臺灣一度成為鳳梨罐頭外銷大國。國內許多業者也嘗試運用盛產的鳳梨，製成果醬、蜜餞食品，烘焙業者更試圖運用鳳梨，做成中式糕點。

一開始業者們將鳳梨作成果醬，外面包上餅皮做成鳳梨餅，餅皮的部分也經過幾次改良，以天然奶油取代豬油，讓整個外皮更酥鬆，吃起來更爽口，更能呈現鳳梨冬瓜醬的香甜，創造出現在大家所熟知的獨特風味，而鳳梨酥從此也成為全台灣最受歡迎的傳統糕點之一。

現在所謂的土鳳梨酥，是指用純鳳梨製餡或俗稱土鳳梨的開英種1、2、3號鳳梨製餡，頗有健康概念，而麥芽糖和糖的比例必須仔細拿捏才能中和酸度，且酥皮的比例也必須相對調整，和內餡才會更搭。』

《鳳梨酥的歷史》　P229

「你覺得呢？」利雅從書中抬起頭。

因為育軒幫忙的緣故，讓利雅逐漸累積了一點積蓄，他們也因此躲了美繪許久。美

繪一有機會就想脅迫利雅不要帶育軒去市場，但育軒卻完全不體諒母親的苦心。

利用假日幫奶奶報名了安養中心的郊遊活動後，利雅拉著育軒跑到圖書館，想尋找更多製作鳳梨酥的相關資料。

「好無聊。」

「這是歷史！」

「為什麼要從了解歷史開始？」

「要先了解發展後才能創新呀！這是基本步驟。」利雅將烹飪一事視為理科實驗，按部就班了解原理後再行製作是她一直以來的唸書法則。

「如果按照步驟一直走，妳現在應該在忙升學喔！妳有想過自己會開始賣鳳梨酥，還打算研發新產品嗎？」利雅被育軒的話說得啞口無言。

「反正我們先試試看嘛！歷史什麼的就交給考試的時候再讀啦！」

育軒利用圖書館的免費資源，上網找了許多鳳梨酥的製作方法與分享。

「這個怎麼樣？」育軒打開其中一個網頁。

「爆漿菠蘿。」利雅看了標題：「我們要找的是鳳梨酥吧？」利雅不以為然的說。

「說不定可以找到靈感呀！」育軒又開始逛起其它網站。

「好，我知道了。」利雅俐落的闔上書本，並添加了一些筆記在記事本裡。

「我們去買食材吧！」

「等等，我還沒破關。」才一轉眼育軒已經玩起網路上的小遊戲。

「走啦！」利雅自顧自的走掉，育軒只好關掉網頁追了上去。

兩人來到阿珠家，這是育軒第一次來到阿珠家。

「妳覺得阿泰會在嗎？」偷瞄著店內，育軒有點擔心的問道。

「放心，就算他在也拿我們沒辦法，而且我準備了這個。」利雅亮出法寶。

「這個沒有效吧？」育軒完全不放心。

「試試看就知道啦！」

走進店裡，只見阿泰在補貨，店內不見阿珠身影。

「來幹嘛？我姊不在喔！」阿泰用兇狠的眼神瞪著育軒，育軒趕緊躲到利雅背後。

「我們是來買東西，這個請你吃。」利雅將法寶「手工鳳梨酥」遞給阿泰。

令人意外的，阿泰默默的收下了。看到姊弟倆意外的表情，阿泰心不甘情不願的解釋。

「我姊跟我說了你們家的狀況。」看到利雅愣住的表情，阿泰趕緊補充：「不要誤會，我會吃是因為這是我家的原料做的。」

「要買什麼？」

「我要山茶花麵粉。」

「那很高級喔！妳確定？」

「確定，你姊說會用批發價算給我。」

「喔！好，那我知道了，妳等等。」阿泰到麵粉架上拿貨，動作熟練顯示平時都是他在顧店。

「還有艾許奶油和安加奶油，杏仁粉和起司粉，和萊姆酒。」

「很多耶！而且很貴喔！確定嗎？」看到利雅肯定的點頭，阿泰俐落的將所有原料放到櫃台上。

「就這些。」利雅準備要掏錢時，阿泰趕緊說：「如果錢帶得不夠，我姊說直接記帳，有空再結就好了。」

利雅感激的看著阿泰：「我有算過預算啦！給你。」利雅將這陣子有所成長的積蓄拿來付清了所有記帳，和育軒兩人帶著大包小包離開。

研究網路食譜時，利雅發現似乎做鳳梨酥還是用土鳳梨才夠味，對利雅而言，最困難的是不知道要去哪買土鳳梨。還好當阿美姨聽說利雅想重製爆漿鳳梨酥時，馬上毛遂自薦，主動向熟識的蔬果批發市場代訂土鳳梨。

買完東西，除了主角鳳梨以外，所有的食材就算到齊了。利雅帶著育軒來到學校的烹飪教室，邊做準備工作邊等待阿美姨帶土鳳梨過來。

「阿姨說順路，所以她要送過來。」

「好好喔！」育軒環顧烹飪教室齊全的設備，羨慕的說：「我們真的可以使用這邊嗎？」

「嗯，我有提出申請。」

「資優生真方便。」

「對呀！多做點公務，多認識學校各處室的老師，搏一下感情，撒嬌一下，在老師的權限內想取得申請都還滿容易的。」

「妳好像生意人喔！」育軒佩服的說。

「我們是呀！」利雅已經習慣商人的角色，再也不會覺得不好意思了。

利雅再次複習自己整理起來的筆記：「根據奶奶的家書內容，我猜這應該是比較小

的鳳梨酥，可以一口一個。」

「沒想到那時候就這麼『非訊』，我還以為以前人都只會做大餅類的東西，又硬又難吃。」

就在兩人認真的按照配方製作時，門口突然出現高分貝的嘻笑聲，兩人隨著聲音察看，發現小婷和高分貝二人組出現在門口。

「妳怎麼會在這裡？」利雅驚訝的問道。

「我媽要我帶鳳梨過來。」雖然這麼說，但小婷的手上卻空空如也。

「他們真的在做鳳梨酥耶！」高分貝甲女說。

「就是有人這麼奇怪，硬是要做些過時的東西。」高分貝乙女接口。

「鳳梨呢？」利雅不理會她們的冷嘲熱諷。

「對呀！鳳梨呢？呵呵呵呵！」

「她好好笑喔！竟然問鳳梨呀！哈哈哈哈！」

「我們剛剛吃掉了。」

利雅覺得她們說謊太不打草稿了，土鳳梨的纖維又酸又粗，通常無法直接食用，所以才會被拿去做罐頭呀！這就是不唸書的結果，說謊一下就被發現了。

「沒想到妳們連酸死人的土鳳梨都吃得下去，好厲害喔！」

雖然不懂利雅的語氣中的挖苦，但高分貝二人組聽語氣就知道是在奚落她們，於是兩人決定還擊。

「啊！抱歉！」高分貝甲女將製作好的外皮材料打翻，而高分貝乙女在旁笑得很開心，一不小心手滑，也翻倒了備用的麥芽糖，只見工作臺上一片狼藉，而肇事的三人卻在一旁看熱鬧。

看著混亂的教室，育軒感到憤怒不已，既然對方擺明了是來找碴的，也不需要客氣了，育軒伸手將整碗奶油灑在笑彎了腰的小婷身上。

「啊！你在做什麼呀？這死小鬼！」小婷舉起手來就要朝育軒打下去。

一碗麵粉又從小婷的頭上灑了下來，麵粉和奶油互相融合，讓小婷瞬間變成了奶油麵粉蠟像。

「啊！好噁心！奶油的味道好臭！」

「活該！」育軒心想，不要進來不就沒事了。

高分貝三人組狼狽離去，小婷還狠狠的瞪了利雅一眼。

看著辛苦製作的材料灑得滿地，育軒和利雅無奈的對望著。

「那女的是誰啊？」

「啊！對喔！你還沒見過，那就是阿美阿姨的女兒小婷。」

「和妳打架的那個？有夠兇的，她以為自己是連續劇女主角嗎？」

「嗯！某部分神經失調了吧！」利雅發現自己說話的方式，越來越不像資優生了。

「怎麼辦？沒有鳳梨，要用普通鳳梨嗎？」

「雖然食譜上沒寫一定要用土鳳梨，但說到傳統鳳梨酥，還是會想到土鳳梨……」

看著眼前的慘狀，兩人陷入膠著。

「我覺得麵粉灑得很酷。」

「我覺得灑奶油也不錯。」

「我第一次做這種事，嚇死我了。」育軒心有餘悸的回想到。

「看來你已經很會打架和吵架了。」

「不要虧我了啦！」育軒苦笑道。

「育軒，謝謝。」

育軒不好意思的露出微笑，看到育軒露出像同年齡的小孩一樣的微笑，利雅覺得即使要自己重做一百次也值得。

「走吧！」

「去哪啊？」

「買鳳梨呀！」

從最近的賣場買到了兩顆新鮮的鳳梨，利雅與育軒兩人打起精神從頭做起。經歷了內餡外露、餡皮烤焦、餡皮崩塌等狀況後，終於在第四次試烤時，完成了金黃色的爆漿鳳梨酥。

兩人興奮的拿起剛好一口大小的鳳梨酥試吃。

「好好吃！」一放入嘴裡，育軒馬上驚奇的說。

「真的！一咬破外皮，內餡就流了出來，和外皮的口感融在一起……」

「成功了！」姊弟倆感動得互相歡呼著。

收拾完工作臺，兩人累癱在地上，卻心滿意足的帶著鳳梨酥回家。他們帶著鳳梨酥到老人養護中心接奶奶時，奶奶似乎玩得很開心，一再和其他朋友道別才離開。

利雅與育軒打算偷偷給家人一個驚喜。他們心想，過去奶奶做過爆紅的鳳梨酥，然後爸爸又賣過鳳梨酥，一定很懷念鳳梨酥，當利雅與育軒得意的拿出成品時，瑜治和美

繪面面相覷。

「育軒啊！媽不是要你不要去做點心，你有時間唸書嗎？」美繪狠狠的瞪著利雅，卻礙於瑜治在場而不好發作。

自從那次反抗，利雅發現自己再也不怕面對美繪阿姨的責罵了，她勇敢對上美繪可以殺死人的視線。

「是我拜託育軒幫忙的。」

「媽，是我自己想做的啦！」育軒趕緊為利雅辯解。

「鳳梨酥啊……」瑜治面有難色的拿了一顆品嚐。

「如何、如何？」

「有沒有懷念的味道？」

「這可是我們按照奶奶的祕方做的呢！有沒有重現了奶奶的古早味？」利雅得意的問道。

聽到是利用奶奶的祕方製作而成的，瑜治露出驚訝的表情。

「你們怎麼會有奶奶的祕方？」

「因為奶奶的家書裡寫的啊！」育軒脫口而出，完全沒注意到利雅警示的眼神。

「奶奶還在寫家書？」瑜治的口氣中透露著訝異和不悅。

「沒有了啦！這是我偷藏起來，搬家之前寫的啦！」利雅趕緊澄清，就怕父親又強迫奶奶看著被退回的信封，認清現實。

「信裡沒有寫得很清楚，所以我們是用猜的。」

「用猜的……可是味道已經很像了……」美繪邊吃邊說。「如果再改良一下，一定可以開發成特色商品。」

「真的嗎？」利雅高興的追問著。

「媽，妳也吃過啊？」

「嗯，我和妳爸爸是同鄉呀！小時候，阿慈的鳳梨酥可是家喻戶曉呢！」

「那奶奶一定也很懷念了！」

眾人趕緊看向奶奶，奶奶專注的看著手工鳳梨酥，感動的說道：「啊！差了一點，就差一味了，真叫人懷念。」

「奶奶，妳想起了什麼？」利雅緊張的追問奶奶。

奶奶笑著說：「我還記得那時候呀！阿治的爸爸最喜歡的就是……」

「阿治的爸爸……是指爺爺嗎？」利雅與育軒面面相覷，聽不懂奶奶的話。

聽到奶奶的話，在瑜治的腦海中浮現了一個小男孩拿著鳳梨酥試圖討父親開心的畫面，但之後卻是一連串的衝突和混亂，有人在尖叫哭泣，也有祈求和怒罵的聲音。

「好了！夠了！」瑜治突然激動的說。「人要活在當下！過去不重要！」

瑜治煩躁的對著孩子們說道：「以後不准你們到市場賣東西，也不准再做什麼鳳梨酥了。」

「為什麼？」面對爸爸突然的轉變，兩個孩子都感到莫名其妙，直覺反抗著。

「這哪會有出息？」

「可是美繪阿姨也說，可以開發成很好的商品，我們想要……」

「小孩子好好唸書就好了，大人的事不用你們操心。」

「可是……」

「沒有可是……」

「為什麼?我們做得那麼辛苦，而且生意也變好了。」利雅既委屈又不解的問道。

「這件事就這樣，不要再說了。」

瑜治拿起所有的鳳梨酥，走進廚房倒進垃圾桶裡。

「你在幹什麼啊？」美繪趕緊衝去攔阻他。

「走開！」瑜治一個揮手，將拉著他的美繪推倒在地上，美繪的頭撞到了桌角。瑜治驚慌的想扶起美繪，卻看到育軒衝向母親，用他小小的身軀環抱著母親，而抬頭迎向瑜治的臉龐，卻帶著恐懼。這讓瑜治聯想起小時候的自己，也曾這樣為了保護母親，而挺身反抗父親，只是當時並沒有任何作用。

瑜治神色羞愧：「美繪，我……」

瑜治想道歉，但育軒卻突然哭喊著：「不要過來！」被育軒的反應嚇到，瑜治下意識的後退，卻看到利雅和奶奶也露出責怪的表情。瑜治不知所措的丟下家人跑了出去，事出突然，讓待在一旁的利雅和奶奶也來不及攔阻。

混亂來得快，去得也快。育軒扶著美繪站了起來，因為擦撞到桌角，美繪的額頭劃出了一道兩公分的傷口。

「我沒事，擦一下藥就好了。」

奶奶鎮靜的說著：「唉唉！阿繪，我們去醫院檢查一下吧！」

「真的不用啦！」

「好好，走吧！不要讓孩子擔心妳，說不定有腦震盪。」

「奶奶，我陪阿姨去就好了，妳待在家裡休息吧！」

奶奶露出一抹慈祥的微笑說：「放心、放心，來吧！」

那抹微笑讓利雅感到不可思議的安心，彷彿剛剛的混亂都沒有發生過，美繪也感染了奶奶的魔力，變得穩定許多，她平靜的接受了奶奶的建議，對小孩說道：「好吧！育軒和利雅，你們待在家裡，我們一下子就回來。」

「阿雅雅，要好好照顧育軒喔！」

臨行前，奶奶又丟下了這句話，利雅覺得自己最近好像常聽到同樣的話。利雅發現不知何時，育軒已經不在客廳了，剛剛的混亂也讓利雅嚇了好大一跳，一來是不知道父親竟然這麼討厭鳳梨酥，一來則是育軒充滿怒氣的表現。

利雅走進房間，發現育軒安靜的坐在床上，雙手緊緊抱著膝蓋，小小的臉就埋在膝蓋之中。黑暗中，誰也不打算先開口，只聽見遠方的貓咪叫聲。

「對不起，沒想到會這樣……」利雅嘗試打破寧靜。

「奶奶帶阿姨去醫院處理傷口了。」

一陣沉默。

「以前，我爸也是這樣打我們的。」育軒默默說出自己的心事。

利雅整個人都愣住了，原來育軒曾經歷過家暴。曾在輔導室幫忙的利雅，也曾耳聞這樣的孩子在成長過程對人會充滿不信任，有些甚至會選擇投入施暴的那一方。

「那時候，媽媽被打在地上，我們一直哭，他還是不住手。」育軒用毫無感情的聲音繼續訴說過往：「我還以為叔叔不一樣……」

所以育軒才沒有很積極的想要參與鳳梨酥的製作，或許每個人都有些不想再提的往事，原來是這樣的意思。

「育軒，那是意外！」利雅試圖想開導育軒。

以前輔導室的老師都是怎麼安慰學生的？她絞盡腦汁回想，越著急卻什麼都想不起來，腦袋空空如也。

「不管是不是意外，都是因為他動手才會害媽媽受傷。」

利雅知道育軒正在鑽牛角尖，卻完全不知如何是好，如果是奶奶會怎麼做呢？

「就是……就是因為不了解，所以才要包容呀！」情急之下，利雅隨口說了一句奶奶曾說過的話。

「什麼？」育軒不懂，這和了不了解有什麼關係？

成功吸引了育軒的注意力，利雅決定不管三七二十一，即興亂編一個理由，重要的

是讓育軒維持正面的想法，不要往負面的情緒裡鑽。

「你從來沒有和爸爸說過你們家的事吧？」

育軒搖搖頭。

「你也很怕他知道，對嗎？」

育軒點點頭。

「就因為他從來不知道，所以這個意外才會發生。」利雅提醒育軒回想美好的事。

「你還記得爸爸很關心你嗎？幫你慶生？」

育軒回想起瑜治總是主動關心和照顧他，從來沒有罵過他。

育軒默默的點點頭。

「爸爸不是你以前的爸爸，這個爸爸會買東西給你，會帶你出去玩。」

「但是他也和每個大人一樣會做錯事。你覺得，如果爸爸知道你們以前的事，他還會讓這個『意外』發生嗎？」

育軒搖搖頭，終於忍不住哭了出來，微弱的啜泣聲在黑暗中更顯清晰。

「他一定會很小心的，因為你是他的寶貝兒子嘛！」

「所以，以後他更了解你了，一定也會更加包容所有的你，更小心的和你相處。」

利雅更加把勁說服育軒。

「聽起來好像有道理……」

「那你願意再給他機會，讓他好好了解你嗎？」

利雅摸摸育軒的頭，遞給了他衛生紙擦鼻水。

育軒遲疑了一會兒，終於用力的點點頭。

讓育軒好好的哭了一陣子後，利雅終於想起輔導老師曾經說過，要讓一個陷入情緒中的人走出情緒，就是帶領他去關心別人。

「而我們也不知道爸爸的過去呢！比如像剛剛，如果我早一點知道，鳳梨酥對爸爸似乎有著不好的回憶……」說著說著，利雅逐漸沉默了下來。

回想起剛剛的事，兩人都還心有餘悸。這和上次瑜治喝醉酒不同，那次只覺得荒謬不真實，這次卻真實不已。回想起來，利雅覺得自己好像可以再次感受到那股壓抑的氣氛，還有某些很悲傷的事情，散發在空氣中。

「為什麼不是因為了解所以包容，而是因為不了解，所以包容呢？不了解要怎麼包容？」育軒吸了吸鼻子，突然問道。

「咦？」

利雅從來沒有想過這個問題。

「對耶！為什麼呢？」

「妳不知道？那妳剛剛說的都是騙我的？」育軒瞪著利雅看。

「欸！當然不是，只是……」利雅實在說不出口，因為這是奶奶跟她說的，而她只是胡亂引用，根本不了解真正的意思。

「只是這需要花很長的時間才說得清楚，我覺得改天再說比較適合。」

「喔？」育軒狐疑的盯著利雅看。

「你快點先睡覺吧！明天還要上學呢！」

「我想等媽媽回來。」

「放心吧！我來等就好了。」

或許是因為哭累了，育軒也沒有堅持，乖乖上床睡覺了。

好不容易安撫育軒睡覺休息後，利雅突然想到，奶奶和爸爸都一直要她好好照顧育軒，是因為他們知道育軒是個缺乏關愛的孩子嗎？爸爸或許知道育軒的家庭狀況，但是奶奶呢？是否這就是老人家的智慧？

利雅這才發現，自己過去是如此的幸福。

雖然沒有媽媽，卻有來自奶奶全心的照顧；和父親感情不好，卻也受到他全然的支持，父親一直都讓利雅有自己思考與決定的空間。

一直到凌晨兩點多，美繪和奶奶才回來。美繪的額頭縫了三針，看到利雅還沒睡，美繪趕緊要利雅去睡覺。

經過了這一夜，利雅發現原來人的情感之細膩，是在教科書裡面學不會的，而她也才真正覺得自己長大了一點，變得懂事了一點，這些也是在原本平靜的學生生活裡，學不到的真實智慧。

看著育軒毫無防備的稚嫩睡臉，利雅決定自己要改變，變得更體貼，更主動去了解家人，也渴望成長，直到自己像奶奶一樣，堅強到足以成為家人的支柱為止。

12. 永恆的等待

記憶彷彿是映照在玻璃窗上的影子，在時光庭園的陽光照耀下依舊如此清晰，即使已經過了許久。原本令人期待的事物，卻有可能逐漸變成痛苦的回憶。在瑜治的心裡，鳳梨酥如同一副沉重的包袱，曾經將他幼小的身軀壓得喘不過氣來。

原本鳳梨酥的出爐是每日最開心的日子，大排長龍的隊伍和等待的人們，興奮與期待，驕傲與感恩。直到那夜，曾是父親的壞蛋回到了家中，一切都走樣了。

不知何時開始，阿勇開始賭博了。剛開始只是打發時間的消遣，直到輸的錢越來越多，多到他不知如何是好，直到他發現自己有個能幹的老婆，看著老婆曾經拿給自己的信封袋，原本裝滿錢的信封越見消瘦。

原本是大小姐的念慈，嫁給他之後每日都必須辛苦操勞。更何況，現在大家都知道他的老婆很會賺錢了，再也不需要他辛苦工作了，只要他伸手要錢，只要他說要投資，能幹的老婆就會寄給他很多錢，很多很多的錢，只要他開口。

阿勇也曾覺得自己很沒用，但他戒不掉，他要還的賭債太多了，多到他不知如何是好，只好開口要，而且一定要得到。

剛開始他寫信回家請老婆寄錢給他，只要一說是投資用的，他們就會寄錢上來。他從來不知道，他的小兒子，他唯一的獨生子，每次都懷抱著期待的心情，將一包包厚重的錢袋和家書，連同自己的盼望丟到郵筒裡，盼望著阿爸快點發達，快點來接他們一起回家。他不知道，為了阿爸的投資，他的獨生子拼命賣鳳梨酥，即使有朋友找他去玩，他都忍耐著，只為了將所有的鳳梨酥都賣掉湊錢給阿爸。

他不知道，他的獨生子在阿爸「生意失敗」回到家後，也期待著阿爸會重新振作，如同他的妻子一般信任著他，依舊沿街叫賣著鳳梨酥。依舊為了賣出更多鳳梨酥，幫母親一起更早起床製作，花更多時間去摘新鮮的食材，花更多時間手工煮餡，工作到手都起泡了，工作到沒有時間睡覺玩耍，只為了給阿爸足夠的錢「投資」。

直到阿爸的投資原來是有去無回的；直到阿爸的債主上門告訴他們所有的真相；直到阿爸消失，母親沿街找他，找到都發燒了；直到阿爸又出現，伸手要錢要祕方，打傷母親，從此消失在他們的生命之中，從此母親再也不做鳳梨酥。

只留下破碎的回憶和不再開火的烤爐。

瑜治開著車子離開了家，沿著台一線一路南下，直到看見了熟悉的景色才停下來，他回到了故鄉。

瑜治離家已過兩日，雖然家人們依舊按照平日的作息生活起居，卻難掩心中擔憂。

利雅將剩下的鳳梨酥通通給了林琳，林琳率直的說道：「這個超好吃的耶！竟然會爆漿！」

「真的呀！」利雅有氣無力的回應著：「我也這麼覺得，這是按照我奶奶的祕方試做出來的，不過還沒完成。」

「這樣還沒完成，那完成後大概是人間美味了！」

「妳說得太誇張了啦！」

「妳剛剛說是奶奶的祕方？妳怎麼會有啊？」

「我翻出很久以前的家書上面記載的，大概是奶奶比較常寫信的時候記下的吧！」

「喔喔！可惜她沒有把其他的祕方寫下來。」

「光是這個就可以把我們家搞得人仰馬翻了。」

「怎麼說？」

「我爸已經兩天沒回家了。」

「出差？」

「不是啦！」利雅真希望自己有林琳一半的樂觀，或者說是遲鈍。

「離家出走？」

「不知道耶……」利雅手托腮望著窗外，默默祈求父親平安。

利雅帶著重製的鳳梨酥給阿美姨吃，阿美姨也吃到痛哭流涕。雖然利雅覺得有點誇張，但的確也感到不可思議，外皮酥脆，內餡甜而不膩，口感豐富多層次，那到底還差哪一味呢？

到了第三天，瑜治依舊音訊全無，雖然美繪打了許多電話詢問，卻沒有任何進展。利雅開始感到慌張，擔心父親會不會從此不回來了？或者是發生了什麼意外？

到底父親為什麼要離家？利雅和爸爸從來不親近，對於自己的父親並不了解，根本無從猜測原因。尤其在這些日子以來，奶奶開始寫著爸爸口中「毫無意義」的家書後，兩人的關係更是降到谷底。即使如此，利雅還是擔心著爸爸，這就是所謂的家人吧？

爸爸離家的第三天晚上，育軒和利雅各在躺在自己的床上，利雅又嘗試問了奶奶，希望奶奶能認真回答。

「奶奶，妳知道為什麼爸爸會離家嗎？」利雅不知道這兩天來，自己問了奶奶第幾遍。因為奶奶有時會說出有意義的話，有時似乎完全聽不懂問題，通常是答非所問。

「阿雅雅，當天氣變天的時候，通常都是因為太久沒下雨了，水氣在雲層裡累積到了一定程度，一碰到低溫就下雨啦！雨過之後就會天晴了。」

「唉！大概最近都在看氣象的樣子，我請照護中心換個頻道吧！」

「你覺得呢？」利雅轉而問上舖的育軒。

「我不知道。」

「是因為我們做鳳梨酥的關係嗎？」

「不知道……」

兩個人都感到迷惘，不知因何事而起。美繪甚至因此怪罪利雅，雖然剛開始她也吃得很高興，卻認為要是利雅沒重製鳳梨酥，這件事就不會發生了。到了第四天，美繪接到瑜治打的電話，全家人都鬆了一口氣。

「剛剛阿治打電話來，說他過兩天就回來了。」美繪露出放心的表情。

「爸爸在哪裡？」利雅趕緊問。

「他說在老家……」

「啊呀、啊呀！那我們去接他回來吧！」奶奶突然冒出這一句話，讓大家都嚇了一跳。

「哪有那個閒錢，而且不用接他也會回來的。」

「哎呀、哎呀！就當一起去郊個遊呀！孩子們也很久沒出去走走了。」

利雅這才想到，自己的確有一段時間沒有出去玩了，每天都是上學、放學、烤鳳梨酥和賣鳳梨酥，都快忘了玩樂的感覺。

「要去也是我去就好了，你們都待在家裡。」美繪專橫的說。

「美繪阿姨，帶我們一起去吧！我們也想去看看老家，從來沒去過呢！」

「媽，我也想去，我和姊姊可以自付車錢，我們可以去向同學借。」

看著利雅和育軒懇求的目光，美繪嘆了口氣。

「別傻了，車錢我來出就好了。」

「那時候，如果那時也能去接他阿爸回來就好了。」奶奶突然說了句沒有人聽得懂的話。

「奶奶，妳在說什麼呀？」

奶奶只是有點落寞的微笑不語。

他們坐上南下的火車，火車行駛在鐵軌上的聲音夾雜著不同旅客的聊天聲，車廂內

到處是使用智慧型手機的旅人。利雅再次要求奶奶講過去的故事來聽，沒想到奶奶竟然答應了，這是自從安養院以來，利雅再次聽到奶奶訴說往事。利雅趕緊要前座的育軒也過來聽故事，引起了美繪的注意，也圍了過來，一起擠在奶奶的座位邊。

「哎呀呀！我想想，要從哪邊說起了？」

「從賣鳳梨酥開始！」利雅趕緊提醒。

「好好，從那開始。鳳梨酥大賣了之後，我們的小舖子賺了很多錢，結果阿治他爸本來在外地做工，和同事一起投資開工廠，他開始跟我要很多錢。」

利雅專心的聽著，並制止想發問的育軒，就怕打斷奶奶。

「因為糕餅舖有賺錢，所以我和阿治都盡可能省吃儉用寄錢給他，但阿勇卻要的越來越多，為了支持他開工廠的夢想，我們花更多時間做餅，想辦法賣更多。」

「鳳梨酥的銷路一直都很好，但村子的人畢竟有限，所以阿治就走路到隔壁村，甚至更遠的村子，就為了賣鳳梨酥。」

「那時候不能用寄的嗎?可以網購啊！」育軒天真的問。

「那是三十年前，不要說網路了，寄包裹和宣傳都不方便啦！」美繪補充說道。

「喔！」

「然後呢？」

「直到有一天。」奶奶喝了口茶潤潤喉。

「直到有一天？」

彷彿陷入了回憶，奶奶看著窗外湛藍的天空，一會兒，火車駛進了山洞，車廂內的燈光點亮著，而車窗外一片漆黑。

「阿勇提著一個包袱回來。」

「爺爺回來了？」利雅聽得入神，不忘順便為第一次聽的育軒做人物介紹。

「回來了，就沒再去工作過了。」

「可能是生意失敗了，我們問了也不說，他就開始賭博了。剛開始，我們都相信阿勇會振作。」

「直到有一天，阿勇的債主上門。」

利雅和育軒聽得專注，眼睛也不敢眨一下。

「原來阿勇在外面賭博，欠了很多錢，阿勇為了躲避債主，離家失蹤了。我借錢還債後，就和阿治一起找阿勇，沒找到，我們也放棄了。過了一段時間，阿勇才回家。」

「我跟他說，不會再給他錢了，結果他就向我要鳳梨酥的祕方，因為鳳梨酥賣得很

好嘛！」奶奶邊說邊得意的笑著，一旁的利雅和育軒趕緊催促奶奶繼續。

「好好，那時候，我堅持不給，就被阿勇打了一頓，等我醒來，他已經失蹤了。」

「我在醫院躺了一個多月，後來也沒想要再做鳳梨酥了。」奶奶的目光飄向美繪，後者不安的低下頭，不敢迎向奶奶的目光。利雅這才知道，自己一直以來想探究的鳳梨酥祕方以及「過去的事」，原來背後有這麼多的悲傷。而自己一無所知，還以為重做鳳梨酥能讓家人開心，她感到很慚愧，完全沒有先了解，只想滿足自己的好奇心。

「原來這就是那些不了解的事情。」育軒似懂非懂的說著。

大家都沉默著，只有火車轟隆轟隆的聲音。

突然一片明亮的陽光照射進車廂內，火車出了山洞，窗外的光線閃耀逼人。

「嗯嗯！天氣真好。」奶奶開心的說著。

「我過了一段時間的復健生活，這段時間都沒辦法工作，只能靠阿治打零工，他做過泥水匠、學徒，修過機車。」原本以為奶奶的故事說完了，沒想到奶奶打開手提袋，從裡面拿出了一封泛黃的信。

「然後阿治就收到了這封信。」

信封上寫著念慈收，屬名阿勇，利雅趕緊拆開來看。

念慈：

別來無恙。回想起過去，我依舊沒有臉見你們，即使我說自己已經改過自新了，你們也不相信吧！我很想念阿治，他現在已經長大了吧？在我的印象中，他依舊還是那個小小的孩子，背著糕餅箱認真的幫忙賣鳳梨酥。

給我個機會，讓我們重新開始好嗎？

今年中秋，我會在車站等你們，如果沒有出現，我就知道你們的意思了。

阿勇筆

「奶奶，這是？」

「這是阿勇離家兩年後寄來的信，那時候阿治堅持不准去接他阿爸。」奶奶落寞的微笑說著。「就這樣也過了三十年了呢！」

火車載著她們一路南下，沿途的景色由繁華的都市，變成了田野，又變成了另種風味的城市，再經過鄉村、山邊，最後終於停在南方的一個小鎮上。

下了火車，火車站外停靠著幾輛計程車，頂著溫暖的秋陽，司機們昏昏欲睡。

「唉呀、唉呀！好懷念呀！大概有二十年沒回來了。」

「老闆娘，要不要搭車？」一位計程車司機主動過來招呼道。

「好好，大家上車吧！」

「奶奶，妳知道要去哪裡嗎？」

「知道知道。」

一行人上了搭上了計程車後，奶奶熟練的說了一個地址。利雅心想覺得這個地址好耳熟，原來是奶奶家書上的地址，永信村。

「奶奶，永信村還在嗎？」

「小妹妹，妳沒有來過梅鄉喔？」司機一邊熟練的開車，一邊閒聊著。

「沒有耶！」

「土生土長的梅鄉人都知道，永信村就是現在的誠信村！因為和隔壁的永誠村合併了，才改名誠信啦！不過，如果是以前的人，還是習慣叫永信啦！老闆娘是永信人喔？要去永信哪裡？」

「對對，謝謝你，我們要去村口。」

「好。」

路上的景色越來越荒涼，馬路很大，路旁都是檳榔園和田地，還有白鷺鷥優閒的在稻田裡漫步。從小在城市長大的利雅，一邊欣賞著沿路的風景，一邊感到很新鮮。

約莫過了半小時，終於來到了村口。

「這裡就是村口了，以前還有很多房子，不過現在這邊都改成馬路了。」

下了車，利雅站在馬路旁，看著兩旁稀疏老舊的水泥民房，這邊就是奶奶的老家，好偏僻的地方。

「好懷念喔！」美繪說道。「這裡變好多。」

「媽媽，妳以前住在這邊？」育軒問著。

「住這附近，國小的時候就搬家了。」

「那我們要去哪裡找爸爸呢？」

就在大家毫無頭緒時，突然看到一輛眼熟的車子。

「啊！那是爸爸的車。」育軒大叫著跑到了車子旁邊。

大家趕緊跟著走到了車子旁，車子鎖上了，沒有人在裡面。

「車子在這裡，人應該在附近吧？」美繪說道：「我們到處找找看。」

就在大家準備分頭尋找時，卻聽到一個熟悉的聲音。

「媽……你們……怎麼會在這裡？」

大家轉身一看，滿臉鬍渣，全身邋遢的瑜治就在大家面前。

「阿治。」奶奶微笑的喊道。瑜治聽到熟悉的聲音，剛開始還感到難以置信。

「好久沒有出來走走了。」奶奶慈祥的說道。

「媽……」

育軒趕緊飛奔到瑜治身邊：「爸爸！我們來接你了！」

「來接我？」

「對呀！我們坐火車下來的。」

「特地過來？」

「抱歉，我本來說我來就好的，但他們都很想過來接你。」美繪說道。

「我們在火車上聽奶奶說故事。」育軒靦腆的說著：「聽到了有關鳳梨酥和阿勇爺爺的事。」

「奶奶說的？」瑜治驚訝的問：「沒想到奶奶還記得，我以為她一定忘了，才會開始寄信……為什麼還要寄信給……」

只見奶奶毫不在乎的微微笑著。

「爸爸，對不起，我們不該做鳳梨酥的。」聽到育軒的道歉，讓瑜治的心情變得更複雜，沒想到孩子會向他道歉，而且還來接他，不對的明明是他。

「做鳳梨酥很好，以後想做就做吧！」看到美繪頭上的繃帶，瑜治愧疚的問：「美繪，對不起，妳的傷還好吧？」

「還好啦！只是意外嘛！」

「如果不是因為我……」

「哎呀、哎呀！因為不了解所以才要包容嘛！沒事、沒事。」奶奶又用她的口頭禪打著圓場。

利雅原本以為和爸爸見面會很尷尬，或許會挨罵，或許會責怪奶奶把過去的事說出來，但沒想到爸爸意外的平靜，除了滿臉鬍渣看起來像流浪漢，眼神卻很溫和。看到爸爸的表情，利雅覺得有來接他果然是正確的。

爸爸的表情混雜著開心和愧疚，似乎有很多話要向他們說。不知道爸爸是否決定拋開過去不好的回憶了？

眾人無語，瑜治打破沉默：「走吧！往前走有個很適合看夕陽的堤防，我們一起去看。」

眾人沿著馬路邊走到了路的盡頭後，彎進一旁雜草叢生的小路，利雅和育軒兩人一馬當先拉著奶奶走在前頭，美繪和瑜治默默的在後頭跟著。

「小孩子都很擔心你。」

「……我很後悔，畢竟他們什麼都不知道，而且事情都過去那麼久了。」

「過去了？」

「嗯……我想了很多，再不讓它過去，一直活在過去的就是我自己了，當下最重要的就是我們有兩個乖巧的孩子。」

「阿治……」美繪感動的說。

「我們一起重新開始吧！」看著小孩子奔跑的身影，瑜治想著如果當時收到信的時候，自己能像小孩一樣的包容，重新接納爸爸，現在的狀況是否會不一樣？

利雅和育軒來到了堤防盡頭，看著他們生平所見最壯觀的落日，整片天空被晚霞染得豔紅。利雅開心的環抱著奶奶，回頭看到瑜治和美繪平靜的肩並肩站在一起，感受著家人在身邊的幸福。

13. 祕方

晚霞已過，天色昏暗，他們沿著來時的路走回瑜治的車子。當大家都坐定位後，車子卻發不動。

「糟糕，我忘了加油，看來是油沒了。」瑜治懊惱的說：「媽，你們在這邊等著，我去找加油站。」突然瑜治轉頭問道：「育軒，你要不要和我一起去？」

育軒有點緊張的點點頭。

「好，謝謝你。」瑜治摸摸育軒的頭。

兩人離開後，留下奶奶和利雅，美繪三個人坐在車裡等待。

「阿繪呀！妳以前就是在這邊和阿治一起玩的喔？」奶奶率先打破沉默。狹小的車子裡，利雅不自覺的伸起耳朵聽著兩人的交談，雖然利雅很感謝美繪這麼關心爸爸，但她還是無法將美繪當做自家人，雖然自從爸爸離家，她們之間的相處就越來越和善。

「媽……妳還記得呀！我一直以為妳忘了。」

「哎呀、哎呀！當然記得呀！阿治常提起妳呢！」

「對呀！那時候我就很喜歡妳做的鳳梨酥，但後來搬家了，也不知道原來店鋪發生了那些事情，還一直想要媽重做鳳梨酥……」

「很好、很好，重做鳳梨酥很好，只是我真的很久沒做囉！而且妳也知道阿治那性子，後來我想重做的時候都被阿治阻止，他說有他工作賺錢，已經不需要做鳳梨酥了，那個傻孩子。」奶奶搖搖頭，露出無奈的微笑。

「媽，妳的鳳梨酥真的很有名，我想說如果重製一定可以大賣……」美繪遺憾的說道。

「哎呀、哎呀！有妳這麼能為家裡打算的媳婦，真是我三輩子修來的福氣。」奶奶開心的說道。

只見美繪露出慚愧的神色，她心裡知道，當她認定奶奶是癡呆老人之後，從來沒有給奶奶好臉色看過，沒想到奶奶還熬夜陪她看病，告訴她過去的事，也很疼愛育軒……

「還好現在有阿雅雅了，阿雅雅真聰明，怎麼會知道爆漿鳳梨酥的做法呢？」奶奶笑著看著利雅。

「啊！我……我……我是用猜的。」利雅胡亂編了一個理由。

「這樣啊！我還想說，我好像很久以前有寫在信裡寄給阿勇……只是那信應該在阿勇那，不然就可以給妳參考了。」奶奶微笑著說。

聽到奶奶這麼說，利雅鬆了一口氣，心想奶奶還不知道自己的家書都被退回來了的事情，但奶奶又提到爺爺？所以奶奶真的認為爺爺活著？或者爺爺真的還活著？因為爺爺過世的訊息，是很久以前爸爸說的，利雅覺得這又是一個自己猜不透的謎題。

「媽，那妳現在還記得祕方嗎？」聽到奶奶曾記下祕方，美繪趕緊問道。

「祕方怎麼樣都無所謂，最重要的還是家人呀。」奶奶不改微笑。「而且阿雅雅不是已經做出來了嗎？」

「可是奶奶，妳也還說差一味啊！」利雅抗議著。

「哎呀、哎呀！反正等著也沒事，我們來去散散步吧！」一如往常，對於不想回答的事，奶奶就轉移注意力。

跟著奶奶下了車，雖然沿途有路燈照耀，但鄉間夜晚的墨色還是讓利雅感到心慌。大約走了二十分鐘，遠離大馬路後，聞著清新的空氣，利雅逐漸聽到了涓細的流水聲。

「哎呀、哎呀！沒想到竟然還在。阿繪，妳記得嗎？」

「啊！沒想到這個條小河還在。」

聽到她們的對話，利雅感到有點落寞，美繪和奶奶有著共同的回憶，而她沒有。

沿著小溪走，一路上逐漸聞到好香的味道，利雅困惑到底什麼這麼香。

「哎呀、哎呀！人老了，什麼都迷迷糊糊的，這附近好像有香花吧？」奶奶懷念的說道。

「還記得以前呀！阿治晚上的時候都會過來這邊，幫我帶些香花回去。」

「香花？」利雅問道。

「就是野薑花，以前的人叫這個是香花，都開在水邊，晚上的時候特別香。」美繪解釋著。

「對對，野薑花是個很香的東西，不管做什麼，加了野薑花都會變得很香，味道很好呢！」奶奶向兩個人淘氣的眨眨眼，映著路燈，圓圓的眼睛閃閃發亮著。

難道……利雅突然發現，或許……

「啊！」一聲驚叫劃破寧靜的夜空，嚇得奶奶和美繪趕緊探頭看看發生了什麼事。只看見利雅跌進了小溪裡，摔得四腳朝天。

原來利雅想得出神，沒注意腳下的泥濘。美繪趕緊伸手要拉利雅，利雅卻將美繪的手撥開。

「我自己可以啦！」

雖然逞強這麼說，但一站起來，利雅就發現自己的腳踝疼痛不已，似乎是扭傷了。

雖然冬天溪裡的水很少，但依舊讓利雅的屁股和雙腿都濕了，風一吹過，利雅就覺得又痛又冷。

「阿雅雅，妳還好吧？」奶奶站在岸邊擔憂的問。

「還好。」利雅試圖爬上河岸，卻發現自己只要施力，扭傷的腳就疼痛不已。

「我來扶妳吧！」美繪對利雅說道。

「不用啦！我可以。」利雅覺得自己渾身泥巴，美繪待會碰到了或許又要唸一頓，與其如此，她寧願自己想辦法爬起來。

只見利雅試圖四肢併用，卻依舊無法順利爬上岸邊，於是美繪也不顧利雅反對，伸手使勁一拉，就將利雅拉上了岸邊。

「阿雅雅，妳的腳受傷了啊？」奶奶趕緊走到利雅身邊。

「奶奶，我的腳好痛喔！」

美繪檢查了利雅的傷勢，發現利雅的腳和手都有多處擦傷，而且可能扭傷了腳踝。

「我們先回車邊吧！看看車裡有沒有什麼可以處理傷口的東西。媽，走了喔！」美繪說完，就扶著利雅往回走，但利雅堅持掙扎著。

「我自己可以走啦！」

「那要走到民國幾年?而且妳全身都濕了，要快點把衣服換下來，不然會感冒。」

利雅突然發覺這是第一次有這麼長的時間和美繪阿姨相處。利雅想起育軒說過的家暴往事。

「美繪阿姨，妳不會覺得很髒嗎?都沾上泥巴了。」

「現在哪是計較這些小事的時候。」美繪完全不以為意。

「妳為什麼這麼要求乾淨啊?」

「那個啊!當然是乾淨的地方才會有乾淨的人生。」美繪回答得理所當然。

「噗!」這麼奇怪的理由讓利雅噗哧一笑，趕緊用手摀住嘴巴，但已經被美繪聽到了。

「妳可能覺得很奇怪吧!不過我小的時候，家裡很窮，跟著家裡搬了很多地方，我的東西很少，弄壞了也沒錢重新買過。」美繪邊走邊說。

「所以我的東西都很舊，每次都會被同學嘲笑，於是我就想辦法保持東西的整潔，讓東西總是乾淨得像新的一樣，這樣起碼不會一眼就被看出來是用了很久的舊東西。」

美繪自己說著說著，露出不好意思的笑容。

原來美繪阿姨有這樣的過去，利雅又想起奶奶曾說過的那句話，就是因為不了解所以才要包容。

「妳一直都很照顧育軒喔！」美繪突然說道。

「喔！因為育軒很乖啊！」利雅覺得有點不好意思。

「謝謝。」

「欸？」

「我知道自己沒有花很多時間照顧他，謝謝妳。」

聽到美繪的感謝，利雅覺得渾身不自在，但緊繃的身體卻逐漸放鬆，將重量依靠在美繪身上了。

「如果把香花加進吃的裡面就會有股淡淡的花香，也可以中和掉水果的酸味喔！」奶奶看著香花，像在自言自語般說著。

利雅與美繪四目相對，突然默契十足的開始摘起水邊的花來。

原來，差的那一味，是花的清香。

她們一起合作採了大把大把的白花，當瑜治和育軒順利提著兩桶汽油回來，迎接他們的，是整車撲鼻的芬芳，和雙手抱滿著花笑得樂開懷的祖孫三人。

14. 最後的叮嚀

時值冬末，天氣一瞬間就轉涼。從南方回到家後也過了幾個星期，美繪與利雅的相處越來越融洽，甚至會一起下廚做菜，經常可以聽到她們在廚房討論做菜的聲音。

「蒜頭要先爆香，等聞到香味後再放入青菜。」

「育軒，把蔥切一切。」美繪俐落的指示著兩個副廚。

育軒儼然成了最佳三廚，食材準備與清洗皆由他負責。

小廚房裡擠了三個人，雖然他們的經濟狀況依舊拮据，卻已經很習慣節儉的生活。

「把沒吃完的菜留下來，可以做湯飯。」美繪提醒著。

「但是下一餐一定要用掉，不然味道會變酸。」如同美繪曾說過的，自己曾經體驗過窮困的日子，她彷彿是節儉生活的寶庫，有著許多省錢知識，但令利雅意外的卻是美繪對味道的講究。

「那當然，雖然食材有限，但人生一大樂事就是吃呀！不講究怎麼行？」美繪認真的說。

一如往常，奶奶坐在照護中心的院子裡，和其他老人一同曬太陽。

「喂喂！杜老，你猜猜，什麼花可以拿來吃？」

「嗯嗯！俺猜猜，菊花、桂花、玫瑰……」

「水仙花！」陳爺爺插嘴。

「你等等啊！很多花可以吃，就水仙不行，水仙有毒啊！」杜老趕緊提醒。

「哈哈哈哈！」一旁的楊奶奶倒是笑得樂開懷。

老人家們開心的談笑著，「咚」的一聲，奶奶突然從椅子上摔了下來，嚇得年紀加起來超過千歲的老人們差點集體心臟病發，趕緊呼叫看護。

在學校的利雅接到了通知，急忙來到醫院，在走廊上看見爸爸正和上次的那位年輕醫生交談著。

「之前一直要請她做檢查，拖到現在才來。」醫生嘆著氣。

「老年人的身體狀況很敏感，只要有某些數質異常，就一定要做檢查。」

「好，謝謝。」爸爸對奶奶的狀況完全不知情，只有猛點頭的份。

醫生離開後，利雅趕緊詢問奶奶的狀況。

「爸爸……」

「利雅，奶奶的檢查報告要到下個星期才會出來，今天先回家休息吧！」

「那我可以去看奶奶嗎？」

「可以。」

目送爸爸到櫃台辦手續，利雅趕緊推開病房尋找奶奶的身影。奶奶住在四人病房，只見她躺在病床上如同往常般開心的對著隔壁床的人聊天。

「喂喂！安爺爺呀！你知道永信村和永誠村合併之後，叫什麼村嗎？猜猜？」

「誠信村？」

「啊呀、啊呀！安爺爺說得太好了啦！」

利雅看到奶奶像平常一樣有活力，感覺安心了許多，她走向奶奶。

「奶奶，身體還好嗎？」

「好好，大概是中午吃太少才會這樣。」看見來人是利雅，奶奶露出了常見的慈祥微笑。

「醫生說要做檢查。」

「對對，檢查檢查。」

「奶奶，妳需要什麼？我幫妳帶過來？」

「阿雅雅啊！一個人住院很無聊，妳幫我帶我的小木盒過來好不好呀？」

「放在床頭上的那個。」祖孫倆異口同聲的說完，為彼此的默契相視而笑。

「奶奶，很久沒看妳寫信了。」

「對對，現在有空了，要快點寫下來。」

利雅納悶奶奶的回答。

「要寫什麼下來？」

「哎呀、哎呀！妳猜猜？」

「我不知道，奶奶妳跟我說嘛！」利雅使出平常拿手的撒嬌。

「哎呀、哎呀！要自己猜，不能洩漏。」奶奶好像在打啞謎一樣，說完這句話就沉沉睡去了。

奶奶住院期間，利雅和育軒又開始製作手工鳳梨酥，並藉由育軒提議，兩人將奶奶的鳳梨酥故事發表在網路上分享。

當瑜治知道他們採香花是為了要製作鳳梨酥後，就自願教他們萃取香味的方法。

「爸爸，你知道呀？」利雅驚訝的問道。

「我知道成份呀！不過有些做法記不太得了，畢竟我都只在旁邊看和幫忙。」

利雅和育軒兩人相視一眼，無言的翻了個白眼，覺得他們先前的努力都像是白費功夫。

在瑜治的指導下，利雅與育軒完美重製了奶奶的爆漿鳳梨酥。當利雅帶著鳳梨酥到醫院探望奶奶時，當然要請隔壁的安爺爺吃一口。安爺爺一吃就停不下來，甚至醫院的護士也愛上了爆漿鳳梨酥。

但輕鬆的時光並不持久，當報告出來，所有人都感到悲傷難耐。

奶奶被宣告罹患癌症末期，醫生表示奶奶只剩半年的壽命，而奶奶堅持不用化療，和家人起了多番爭執。

瑜治深知奶奶性格，奶奶脾氣好，但決定的事不會改變，而奶奶的決定總是對的。瑜治還沒看過自己的母親做出錯誤決定，即使那時為了拒絕阿勇，不再給他錢和祕方也一樣，最後都證明奶奶的決定是正確的。再不捨，看到如此堅決的奶奶，家人也知道無法動搖奶奶的決心。

僵持多天後，自知無法說服母親，瑜治決定帶奶奶回家。看著日漸消瘦的奶奶，利雅覺得奶奶被送到安養院時，自己的失落感又回來了。

曾幾何時，奶奶已經不再硬朗了？為何自己都沒有注意到？遺憾和自責在利雅心裡持續煎熬著。

奶奶吃不下任何東西，每日服用醫生給的止痛藥成了奶奶最主要的飲食。奶奶經常在喊痛，也睡不長，半夜常吵醒同房的育軒和利雅。為了讓孩子們好睡，奶奶加重了減輕疼痛的藥劑，也因為藥物作用偶而會陷入半昏迷狀況。

利用假日，利雅帶著奶奶到公園曬太陽。冬日的陽光特別難得，雖然坐在輪椅上，奶奶的微笑看起來充滿了活力。但利雅卻注意到，不知從何時起，奶奶原本灰黑的頭髮已被稀疏的白髮取代。

「奶奶，先前妳說過的話，因為不了解所以才要包容，到底是什麼意思啊？」奶奶曾說過的話，都會留在利雅心頭。

「哎呀、哎呀！妳猜猜？」

「是不是當碰到不了解的事時，先不要隨便下評語，冷靜客觀了解後再找到最適合的方式應對呢？」利雅發揮了書呆子的專長，分析解答。

「呵呵呵呵！阿雅雅好厲害，奶奶都沒想到那麼多呢！」

利雅和奶奶相視而笑，彷彿回到了奶奶還健康的時候。在利雅記憶中，這是最後一次和奶奶一起曬太陽。

除夕年夜飯後，奶奶表示自己要先去休息了，吃了藥的奶奶躺在床上，沉沉的睡去了，從此再也沒有醒來過。

奶奶去世後，在同住了半年的小房間裡，利雅整理著奶奶的物品，東西很少，只有簡單的幾件衣物和床頭的小木盒。當利雅打開小木盒，從裡面掉出了一張泛黃的照片，上面是個年輕少婦抱著孩子，照片後有簽名，寫著愛妻念慈與瑜治的字樣。利雅覺得很感動，但又不禁覺得從未謀面的爺爺也太肉麻了吧？以前人就會寫愛妻這種字眼？照片是爺爺的，不知道為何會回到奶奶的手上？

除了相片，奶奶的木箱裡還有一封很新的信，收件人是利雅。攤開信紙，奶奶娟秀但看得出是吃力寫下的字跡躍入眼前。

阿雅雅：

看到這封信，就表示我已經離開了。

這是我在醫院寫下的最後一封家書，老天爺待我真好，還讓我能握筆寫字，兒女子孫都在身旁。

過去賣鳳梨酥，沒想到會給家人帶來許多波折，我最大的希望，是能看到一家人和樂的在一起，互相扶持。這半年多來，看到你們這麼辛苦，好幾次我都忍不住想提點你們。但你爸個性固執又講不聽，而且我也擔心如果我離開了，以後還有誰會幫助你們？人還是要靠自己才能真正學到東西，我只能選擇放手，讓你們自己成長，結果你們果然都很爭氣，甚至還學得更好。

我將鳳梨酥的做法詳細記在信裡，如果有心自然會發現。阿雅雅就發現了，真是個好孩子，未來也要和家人互相信任、包容，一起維繫家庭感情。老天爺很照顧奶奶的，放心放心。妳猜猜，奶奶會在天上遇見爺爺嗎？

奶奶筆

抱著奶奶的最後一封家書，利雅哭了許久。

15. 傳承

鞭炮聲不斷，紅色的鞭炮碎紙灑了滿地，騎樓前擺滿了祝賀新店開幕的花籃。

在眾人的掌聲與期待下，紅色的布幔落地，嶄新的招牌隨即映入眼簾，招牌上寫著「奶奶的爆漿鳳梨酥」。

利雅和家人站在店裡面，開心的準備招待客人。

能有這樣的盛況要追溯到奶奶過世前，育軒與利雅放上網路的鳳梨酥故事，得到眾多網友的鼓勵，雪片般的留言都表示希望能有機會品嘗奶奶的爆漿鳳梨酥，甚至吸引了新聞報導。

就在網友強大的追蹤報導下，利雅才知道奶奶的鳳梨酥曾在三十年前紅極一時，一再改進祕方的奶奶，說她是帶動了鳳梨酥熱潮的推手也不為過。

後來冬瓜鳳梨酥逐漸盛行，奶奶才又回到傳統土鳳梨酥的製作，最後因為家庭因素結束了糕餅事業。

看著新聞報導，瑜治笑著回憶道：「對呀！當時甚至還有其它老店的師傅想來請教呢！」

而在利雅與育軒多次央求下，終於讓瑜治決心重拾家業。

爆漿鳳梨酥有口皆碑的效應，讓瑜治快速募集到資金，專賣爆漿鳳梨酥的實體店面也就此開張。

「不夠就速賣葛鳳梨酥，竟然可以開這麼大的一間點兒啊。」林琳嘴裡塞著鳳梨酥，手上還拿著一個，含糊不清的說著。

已經考完大考的她們，現在正悠哉的等待放榜。

「那妳不要吃啊！」阿珠一手搶下林琳手上的鳳梨酥。

「還我！」林琳趕緊飛奔捍衛美食。

「我爸也說，沒想到賣個

鳳梨酥，也可以有這樣的盛況，和以前他為了多賣一點，沿街叫賣的過去真的相差很多呢！」

利雅感嘆著說：「能有現在，這全都是因為奶奶的鳳梨酥祕方……可是現在奶奶已經……」

感受到利雅的沮喪，兩個好友很有默契的一人一句安慰著她。

「你們可是很厲害的將古法傳承下來了耶！」

「而且妳奶奶看到你們都過得很開心，她一定很欣慰。」

利雅看到在櫃台忙碌的美繪以及在廚房烘焙的爸爸，覺得能和家人這樣互相信賴，真的很感恩。

「啊！那是小胖的越南媽媽！」眼尖的林琳指著一個懷抱嬰兒的越南女子說道。

「他們看起來很融洽啊！林琳，我跟妳說，就是因為不了解所以才要包容。妳呀！就不要再一直說小胖媽媽的八卦了。」

「啥？」

「妳看，小胖和他的越南媽媽處得滿好的呀！」

「是沒錯啦！不過就是因為新奇，所以八卦才有趣啊！」林琳聳聳肩，不以為意的

表示著。

「妳啊……」利雅深覺從奶奶那學到的包容精神，有機會也要讓好友們有所體會才行。

「欸！妳奶奶真的癡呆了嗎？不然怎麼還能帶你們回老家？還把過去的事記得那麼清楚？」從利雅口中聽說了祕方之旅的林琳突然問道。

「書上說，老人癡呆症的症狀有……越久遠的事反而記得越清楚，接近現在的事則容易混淆之類的……奶奶有符合一些症狀……還有……嗯……」利雅試著想起書上的解釋。

「真是個書呆子。」

「真的被她打敗了。」

不理會阿珠和林琳的奚落，利雅繼續說著自己的感想。

「其實我覺得……或許我們都太依賴奶奶了，所以當奶奶不想管事，想悠哉一點的時候，我們就以為奶奶癡呆了。」

「所以？」

「我爸一直覺得奶奶癡呆了，可是我覺得沒有……」

「那妳奶奶幹嘛一直寄信呢？又收不到。」

利雅看著手上的鳳梨酥，說出自己的猜測。

「一直以來都是奶奶支持著我們……或許，奶奶也需要一個可以支持她的人，所以才寫信給爺爺，當成是一種心靈寄託吧？」

「是喔！」

林琳似懂非懂，決定多拿幾個鳳梨酥再說。

「姊，桂花口味的還有嗎？」

育軒的呼喊打斷了她們的閒聊。

「你們還有其它口味呀？」阿珠驚訝的問道。

「有哇！我們將可以萃取出香味的花都用上了，還有玫瑰、香茅……除了傳承，還要有創新才能長久啊！」

「姊！」

「不聊了，我先去幫忙喔！妳們慢慢吃，妳們的當然是招待的啦！」

「他們對鳳梨酥真的好有熱忱喔！」看著利雅的背影，阿珠佩服的說著。

「嗯……捂……速啊……」

林琳又塞了一個香茅口味的，口齒不清的附和著。

只見利雅加入了家人們忙碌的身影，滿臉笑容的傳承著奶奶留下來的禮物。

培育文化
勵志學堂 37

賣鳳梨酥的小孩

作者　岑文晴
責任編輯　王成舫
美術編輯　蕭佩玲
封面設計　蕭佩玲

出版者　培育文化事業有限公司
信箱　yungjiuh@ms.45.hinet.net
地址　新北市汐止區大同路三段一九四號九樓之一
電話　（02）8647-3663
傳真　（02）8674-3660
劃撥帳號　18669219
CVS代理　美璟文化有限公司
TEL／(02)27239968
FAX／(02)27239668

總經銷：永續圖書有限公司
永續圖書線上購物網
www.foreverbooks.com.tw

法律顧問　方圓法律事務所　涂成樞律師
出版日期　2013年4月

版權所有，任何形式之翻印，均屬侵權行為

國家圖書館出版品預行編目資料

賣鳳梨酥的小孩 / 岑文晴著. -- 初版.
-- 新北市 : 培育文化, 民102.04
面 ; 公分. -- (勵志學堂 ; 37)
ISBN 978-986-5862-04-6(平裝)
859.6　　102003136

※為保障您的權益，每一項資料請務必確實填寫，謝謝！

姓名		性別	□男　□女
生日	年　月　日	年齡	
住宅地址	郵遞區號□□□		
行動電話		E-mail	

學歷

□國小　□國中　□高中、高職　□專科、大學以上　□其他＿＿＿＿

職業

□學生　□軍　□公　□教　□工　□商　□金融業
□資訊業　□服務業　□傳播業　□出版業　□自由業　□其他＿＿＿＿

謝謝您購買本書，也請您與我們一起分享讀完本書後的心得。
務必留下您的基本資料及電子信箱，使用我們準備的免郵回函寄回，我們每月將抽出一百名回函讀者，寄出精美禮物以及享有生日當月購書優惠！想知道更多更即時的消息，歡迎加入"永續圖書粉絲團"
您也可以使用以下傳真電話或是掃描圖檔寄回本公司電子信箱，謝謝！

傳真電話：（02）8647-3660　電子信箱：yungjiuh@ms45.hinet.net

●請針對下列各項目為本書打分數，由高至低5～1分。

	5 4 3 2 1		5 4 3 2 1
1. 內容題材	□□□□□	2. 編排設計	□□□□□
3. 封面設計	□□□□□	4. 文字品質	□□□□□
5. 圖片品質	□□□□□	6. 裝訂印刷	□□□□□

●您購買此書的地點及店名＿＿＿＿＿＿＿＿

●您為何會購買本書？

□被文案吸引　□喜歡封面設計　□親友推薦　□喜歡作者
□網站介紹　□其他＿＿＿＿＿＿＿＿

●您認為什麼因素會影響您購買書籍的慾望？

□價格，並且合理定價是＿＿＿＿　□內容文字有足夠吸引力
□作者的知名度　□是否為暢銷書籍　□封面設計、插、漫畫

●請寫下您對編輯部的期望及意見：

221-03

新北市汐止區大同路三段194號9樓之1

FAX：（02）8647-3660

E-mail：yungjiuh@ms45.hinet.net

廣　告　回　信
基隆郵局登記證
基隆廣字第200132號

培育

文化事業有限公司

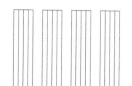

讀者專用回函

賣鳳梨酥的小孩

培養文化育智心靈的好選擇